M'APPELLE PAS FILLETTE !

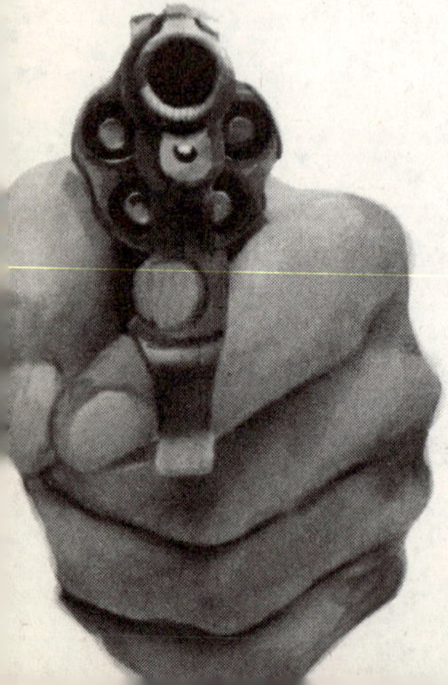

MICKEY SPILLANE

M'APPELLE PAS FILLETTE !

Traduction de Paul Mac-Ayre

le cherche midi

I

Bien avant mon arrivée, la rumeur m'était parvenue. Elle s'était infiltrée dans la nuit de New York, un peu étouffée par la pluie, mais assez forte quand même pour s'étendre jusqu'aux confins de la ville. Moi, je l'avais entendue dans un boui-boui, chez Hardy, à deux pas de Columbus Avenue, de la bouche d'une nana à moitié bourrée restée trop longtemps toute seule sur son tabouret.

À mon entrée, elle me décocha un sourire en coin, avec un coup d'œil de commisération sur mon imperméable mouillé. Quand j'ôtai ma pelure, elle fit tournoyer le reste de son verre, l'avala et tapota le siège voisin.

Pas la peine de discuter avec ces clientes-là. De toute façon, elles s'imposent ; c'était plus simple de m'asseoir et de lui offrir un verre que d'essayer de m'en décoller. En plus, ça mouillait trop dehors pour ressortir. Et puis, pour une frangine de rencontre, elle était pas mal. Des cheveux à la Jean Harlow, d'un blanc éclatant, mais souples et liquides comme une nappe de lait.

Elle se remit à sourire en tripotant son verre ; je m'assis et fis signe au barman de nous servir la même chose.

Elle leva le glass : « À la tienne, mon grand. » Elle le vida d'un trait et se mit à suçoter son chasse-bière d'un air satisfait. « On cause ? » me demanda-t-elle.

Je fis un signe de refus.

« Tu vas pas me raconter que c'est aussi à cause de ce salaud de Bennett que tu as du chagrin ? »

Le barman lui cogna sur le bras. « Tu ferais mieux de la boucler, Tally.

— Et alors ? Je m'en fous du macchab ! Un petit voyou qui est devenu un grand voyou. À commencer par la délinquance juvénile, encore. Écoute, mon gars Jocko, cette espèce de vache m'a plumée comme tout le monde, et on a beau lui foutre des funérailles à cinq mille dollars, ça n'empêche que c'est un salaud.

— Tally, nom de Dieu, je te dis de la boucler…

— Et merde, mon gars Jocko ! Tous les autres pensent comme moi. Tout le monde est content qu'il ait crevé. Le plus grand nombre parce qu'il les plumait, et les autres parce que ça leur donne une chance de prendre le volant !

— Je te dis…

— Ça va, ça va, Jocko. T'en fais pas. Y a personne qu'écoute. Y a que ce client-là. T'as pas planqué de micros dans les murs ? Hein ? (Elle gloussa et reprit son petit verre.) Ainsi, le grand Bennett est mort, et tous les petits gars à Bennett en chialent. Y a pas plus marrant, parole ! »

Cette fois, elle me regarda ; ses yeux commençaient à se troubler. « Dis, mon pote, tu veux savoir pourquoi qu'ils pleurent, *de vrai* ?

— Raconte.

— Paie d'abord un verre. »

Le gars Jocko intervint : « Il ne faut pas…

— Servez-lui à boire. »

Il me lança un coup d'œil et pinça les lèvres. Mais il prit la bouteille et s'exécuta. La nana s'épanouit, me fit un clin d'œil, et avala la rasade.

« Maintenant, raconte, lui dis-je.

— D'ac. Voilà. Tous les petits mecs et tous les grands mecs entre ici et Brooklyn, ils chialent parce qu'ils ont envie de la combine à Bennett. Tous les gangs du patelin sont prêts à se faire la petite guerre pour s'en emparer. Ils sont chargés à balle, et si t'as pas un écusson officiel, tu risques d'être le passant innocent victime d'un pruneau qui se trompe d'adresse.

— C'est tout de même pas ça qui les fait chialer.

— Doucement, mon pote. C'est moi qui cause. (Elle vida son petit verre et fit signe qu'on le remplisse.) Le chiendent, reprit-elle, ce qui leur fait tremper leurs mouchoirs, c'est qu'ils ont une trouille mortelle de Deep. »

Je la fixai par-dessus le bord de mon verre.

« Tu le connais pas, Deep, hein ?

— Tally… »

Cette fois, ce fut moi qui dis : « Ta gueule, mon gars Jocko. »

Elle me fit un clin d'œil des grands jours. « Bravo. Comme je te le disais, Deep, c'est un bonhomme. Il a de l'importance. C'est encore un plus grand salaud que Bennett, et ça, mon gars, c'est pas peu dire. Bennett et Deep, c'était comme ça, compris ? (Elle leva la main, le majeur croisé sur l'index.)

« Qui était le patron ? fis-je.

— Deep. (Elle prit son verre à tâtons.) On m'a dit que Deep était pire que Bennett a jamais été. Une vraie vache. Il était encore môme qu'il avait déjà un flingue. Le seul délinquant du quartier qui en avait un vrai. (Elle gloussa de nouveau.) Un dur… et maintenant, il refait surface.

— Ouais ?

— Parole, mon gars. Bennett et lui, ils étaient… je sais pas trop… quelque chose comme frères de sang. Tu connais les gosses ?

— Pas trop, dis-je, ils ont pas mal changé.

— Bah ! ils sont tous les mêmes. Toujours des petits salauds. Bennett a toujours été un salaud, et Deep est pareil. Quand ils étaient gosses, ils partageaient tout. Alors ils ont fait un de ces serments à la con, avec du sang, en déclarant que s'il arrivait quelque chose à l'un, l'autre le vengerait. Mon vieux, fallait les voir à l'époque. C'était Lenny Sobel qu'était le grand caïd, eh ben, il faisait attention de pas se les mettre à dos. Ils étaient déjà capables de faire du riff.

— T'as l'air de bien les connaître, ma toute belle. »

Son visage se renfrogna. Ses yeux vagues s'éclaircirent soudain et prirent un instant un éclat mordant. « C'est ce dégueulasse de Bennett qu'a mis ma frangine à la *blanche*, et à seize ans, elle s'est suicidée. Je l'oublierai jamais. J'avais neuf ans. Le salaud ! *La saloperie d'ordure !* »

Son regard redevint trouble. « Deep… on dit qu'il était encore pire. Il s'est tiré il y a longtemps, en laissant la direction du secteur à Bennett. Il a dit qu'il allait chercher quelque chose de neuf pour mettre la patte dessus.

— Ah ?

— Bien sûr, ah ! Il avait ce qu'il fallait. Il a commencé par écrémer les connards quelque part, et maintenant, il y est le caïd. Maintenant, il va revenir. (Sa bouche se tordit en un ricanement ; elle eut un rire amer.) En un sens, ça a du bon.

— Comment ?

— Les gars vont pas se bagarrer avant de savoir vraiment la puissance de Deep.

— Et ça change les choses, hein ? »

Elle me regarda ; je souriais.

« Bien sûr, ballot. S'il est puissant, ils l'effacent, puis ils se bagarrent. Autrement, ils se bagarrent d'abord et s'arrangent pour le coincer entre deux, s'il est gênant.

— Et pourquoi attendre ? »

Sa bouche se tordit de nouveau. « Personne ne sait vraiment la position de Deep. Imagine qu'il rapplique avec toute une bande ?

— C'est pas de ça qu'il s'agit, ma jolie. »

Cette fois, elle sourit brièvement. « Tu piges. Tout juste. Ce qui leur fout une pétasse du diable, c'est qu'ils savent toujours pas de quoi il a l'air… et il pourrait bien être pris d'une folie de destruction. Tu vois le genre ?

— Je vois.

— Alors, il rapplique, et il tient sa promesse… il élimine tous ceux qu'ont touché à son pote Bennett. Tu piges ?

— Dans les grandes lignes.

— Et il est peut-être en mesure de le faire. Personne n'en sait rien. C'est un… je trouve pas ce mot à la noix… c'est une…

— Une énigme, lui dis-je.

— T'as un citron, toi, fit-elle. (Elle se tourna vers Jocko au bout du bar et eut un rire d'ivrogne.) Vise celui-là. Le nez dans son canard. Il veut même pas entendre. Si les demi-sel du coin apprennent que j'ai ouvert ma grande gueule devant un inconnu, c'est le gars Jocko qui trinque, et pas à moitié. Pas vrai, mon gars Jocko ? »

Il ne leva pas la tête.

« Et maintenant, que tous les connards se fassent la guerre ! Qu'ils s'entretuent tous, les vaches ! Je suis foutrement contente que Bennett ait eu son compte, et je serai heureuse quand tous les autres y seront passés, et je me fous pas mal de celui qui crèvera le premier, ça me fera rigoler, et quand je pourrai voir cette ordure de Deep étalé sur le macadam, je lui cracherai à la gueule, comme j'ai fait à Bennett.

— Fillette, lui dis-je, c'est dur, ce que tu dis.

— M'appelle pas fillette, bon Dieu ! C'est comme ça qu'il m'appelait, Bennett. Que personne m'appelle comme ça, et toi non plus !

— C'est pourtant ce que je vais faire, fillette.

— Pour qui que tu te prends ? C'est pas parce que…

— Je me prends pour Deep, fis-je. Appelle-moi Deep. »

Le gars Jocko avait toujours le nez dans son journal, mais il ne le lisait pas. Il avait la figure pâle et tendue ; il s'humecta les lèvres du bout de la langue.

Je vidai mon verre, le posai et regardai la fille. Les tendons de son cou se dessinaient brutalement. « Quel est ton nom de famille, Tally ? »

Elle murmura : « Lee.

— Tu crèches dans le coin ?

— Cent… cent-troisième Rue. »

J'attendis.

« C'est au-dessus de l'épicerie Brogan. Écoutez… pour ce que j'ai raconté…

— C'est bon, Tally. »

Elle tremblait à présent, de toute la mâchoire inférieure.

« Je… il m'arrive de trop l'ouvrir, vous savez ?

— Bien sûr, je sais.

— Ce que j'ai dit… (Elle avala péniblement sa salive et se mordit la lèvre.)

— Que je suis un repris de justice ? Une ordure ? Qu'il vaudrait mieux que je sois crevé ? Tu veux me dire que tu ne le pensais pas vraiment, Tally ? »

Soudain, elle n'eut plus peur. Sa dureté, son défi reparurent. Elle me dit : « Je l'ai dit. Et c'était sincère. »

Au bout du bar, le gars Jocko leva la tête, effaré.

Je la regardai bien en face. « C'est bien, mon petit. Quand on dit quelque chose, il faut le penser profondément. »

Son regard devint étrange. Elle m'examina le visage, le temps de respirer trois fois, puis, ayant pris sa décision, elle vida le fond de son verre. Elle le reposa sur le bar et se tourna pour me fixer de ses yeux froids et durs, puis elle murmura, la voix rauque : « Vous n'êtes pas Deep. Vous êtes foutrement trop poli. *Lui*, il m'aurait déjà mise en bouillie. Deep n'a jamais aimé qu'on l'insulte, et il détestait les gonzesses qui l'ouvraient trop, comme je viens de faire. » Elle respira, les yeux écarquillés. « Je peux rattraper ma grande gueule, mon bonhomme. Je peux faire savoir qu'il y a un demi-sel qui cherche des crosses. »

Je fis un signe affirmatif. « Vas-y. Cela risque de rendre la situation vraiment intéressante.

— Je m'en ferai une joie, grand chef. (Elle eut un sourire torve.) Merde alors, mon gars, si tu étais Deep, t'aurais ton artillerie sous la main jour et nuit, et tu passerais ton temps à chercher qui descendre. *Deep l'Artilleur*, qu'on l'appelait. Bien trop vache et dur pour se donner seulement le mal de cacher son feu. Il portait son vieux flingue bien en vue. (Elle m'inspecta avec dégoût.) Toi ? Deep ? Laisse-moi rigoler. »

Je pris un demi-dollar dans ma poche et le fis tournoyer sur le bar. Quand je regardai de nouveau Tally, ses yeux étaient grands ouverts, remplis de terreur, et elle ne pouvait pas les détacher de ma hanche, où elle avait aperçu mon calibre 38 dans un étui qui permettait de le sortir en voiture.

Je lui dis : « N'oublie pas de les prévenir, Tally », puis je sortis.

II

Le bureau de Wilson Batten était dans le bâtiment construit sur l'emplacement de l'ancien hôtel Greenwood. La façade moderne faisait une tache blanche dans l'obscurité, et la pluie brillait froidement sur le faux marbre de cette bâtisse inattendue.

Au premier étage étincelait une rangée de fenêtres, aussi traversai-je la rue pour franchir les portes entièrement de verre. Près de l'ascenseur, un tableau indiquait la liste des locataires. Seul le locataire du premier étage était indiqué en capitales : « WILSON BATTEN, AVOCAT ».

Très simple. Mais c'était un monde où la simplicité est de rigueur. C'est également un atout dans d'autres mondes, où la simplicité dissimule en réalité l'arrogance.

Négligeant l'ascenseur, je m'engageai dans

l'escalier en souriant. Dans le hall d'accueil, deux filles bouclaient la ceinture de leurs imperméables devant un miroir étroit. L'une d'elles avait la bouche pleine d'épingles à cheveux, aussi poussa-t-elle l'autre du coude pour qu'elle s'occupe de moi.

« On ferme, me dit-elle.

— Ah ?

— Vous attendez une employée ? »

J'ôtai mon chapeau et en secouai les gouttes de pluie. « Je n'y avais pas pensé. Vous croyez que ce serait une bonne idée ? »

Avec un sourire impertinent, elle m'inspecta de la tête aux pieds. « Vous n'auriez pas longtemps à attendre. À mon avis.

— Je n'ai jamais attendu.

— Non, cela m'étonnerait. (Son sourire s'effaça quand elle vit que je ne bougeais pas.) Vous désirez ? ajouta-t-elle.

— Wilse.

— Qui cela ?

— Wilse. Le patron. Batten. »

Ses yeux s'écarquillèrent. « Pas à cette heure, il n'est…

— Immédiatement, dis-je.

— Écoutez, monsieur…

— Immédiatement », répétai-je.

Une voix douce s'éleva derrière mon dos. Elle avait quelque chose de calme, d'imposant, de menaçant.

« Des ennuis, Thelma ?

— Il veut voir M. Wilson.

— Je vois. Je crains qu'il ne soit trop tard… »

Je me retournai lentement pour le regarder. Il n'avait guère changé. Toujours le même gars terriblement capable qui savait se rendre indispensable, mais qui n'avait jamais eu assez d'intelligence pour atteindre le haut de l'échelle. Un bon point pour Augie, quand même. Il était toujours du côté du manche. Il ne s'y trompait pas.

Son regard se concentra. Il y avait quelque chose qui lui travaillait le crâne, comme un levain mental, mais il n'arrivait pas à trouver quoi. Un instant, les muscles de ses épaules se contractèrent. Mais il se détendit : ce n'était pas encore la solution. C'était bien toujours le même Augie. Il dit : « Eh bien, vous allez voir M. Batten. »

Les deux filles m'observaient, ébahies, tandis que j'acquiesçais.

« Qui dois-je annoncer ?

— Tu ne te rappelles pas, Augie ? (Je souris plus largement.) C'est Deep. Dis à Wilse que c'est Deep. »

Les tendons de son cou saillirent. La mémoire lui

revint d'un coup. Il haussa les épaules et sourit. Sa voix grave devint plaisante.

« J'aurais dû me rappeler. Mais vous avez changé, Deep.

— Nous changeons tous. »

Il me fixa durement. « On dirait que vous êtes plus grand.

— Plus grand, répétai-je. C'est assez juste ! »

*

Le bureau, c'était tout acajou et tout Gauguin. Ça vous tombait dessus d'un coup et vous forçait à négliger le type qui était dedans. Il leva les yeux ; ses cheveux étaient devenus clairsemés, mais ils restaient foncés.

« Salut, Wilse, dis-je. (Il fit semblant de reconnaître ma voix.)

— Salut, Deep. (Il se leva, la main tendue.) Bien content de vous revoir, mon garçon. Bien content. »

Je continuai de sourire, sans voir sa main. « Je n'en doute pas. Je suis même persuadé que vous en êtes tout simplement ravi, Wilse. »

Il avait son masque professionnel, mais je savais bien ce qu'il pensait. Du bout du pied, je tirai un fauteuil et m'assis, laissant choir mon chapeau sur le sol. Augie se baissa, mais je l'arrêtai : « Laisse. » Il s'immobilisa, lança bref un coup d'œil à Batten, puis recula.

« Ce vieux Wilse, le voleur de Harlem, dis-je.

— Dites donc, Deep !

— Bouclez-la quand je parle, Wilse. (Je souris tandis qu'il me scrutait du regard.) Vous avez fait du chemin depuis la vieille baraque de Broadway. Du vieux *Batty Batten* à maître Wilson Batten, avocat. Pas mal pour un voleur, mais pas très différent d'un tas d'autres cas de réussite. »

Je m'arrachai du fauteuil pour faire le tour de la pièce, en examinant les Gauguin tour à tour. Il y avait la moitié d'originaux, le reste des copies d'assez bonne qualité. « Vous vous êtes bien débrouillé, l'ami.

— Deep… »

Je me retournai, toujours souriant. Batten resta bouche bée. Je repris : « Batten, vous êtes un voleur. Vous êtes un avocat véreux qui a fait de bonnes affaires. Vous avez été receleur, vous achetiez tout ce que je volais, vous protégiez les gars qui revendaient la camelote, et vous étiez le trait d'union entre certains individus et certains flics tarés.

— Je vous ai évité le frigo plus d'une fois, Deep.

— Certainement, et vous vous êtes à chaque fois bien nourri sur la bête. (Je m'approchai pour le regarder de haut.) J'étais beaucoup plus jeune dans ce temps-là.

— Vous étiez un voyou, fit-il doucement, d'un ton de défi.

— Mais un vrai. Un dur. (Je m'assis au bord de son bureau.) Vous vous souvenez de Lenny Sobel ? Le soir où le caïd et sa cour sont venus pour vous effacer à cause d'une trahison ? Bennett et moi, on vous a revalu d'un coup toutes vos gentillesses. On a braqué les malfrats, et quand ils se sont dégonflés, on a craché dessus. Sobel les a lâchés sur nous le lendemain soir, et on lui a renvoyé ses trois malabars soigneusement perforés. Et puis j'ai canardé Sobel pour la rigolade. En plein dans les fesses. Vous vous rappelez, Wilse ?

— C'est entendu, vous étiez un dur. »

Je hochai la tête. « Pas vrai, l'ami. Vous savez bien ce que j'étais.

— Un délinquant juvénile.

— Tout juste. C'est *maintenant* que je suis un dur. (Je souris largement.) Vous le savez ? »

Il avait repris son masque professionnel. « Je sais. »

Augie changea d'attitude. Il était maintenant face à moi. Cela faisait mon beurre.

« Vous avez le testament de Bennett ? demandai-je.

— Exact.

— Il est régulier ?

— J'étais son conseil.

— Que dit-il ? »

Il me jaugea un instant, pour voir s'il y avait moyen de me posséder. « Vous êtes son héritier, sous conditions.

— Lesquelles ?

— Tout d'abord, que vous arriviez dans les deux semaines après son décès.

— Nous sommes au quatrième jour. »

Il acquiesça. « Ensuite, que vous établissiez de façon satisfaisante l'identité de son meurtrier, en cas de mort violente.

— Gentil de sa part.

— Il avait grande confiance en vous, Deep.

— A-t-il parlé d'"établir" ou de "venger" ?

— Établir. M. Bennett aurait préféré l'autre formule, mais cela n'aurait pas été valable. Juridiquement, j'entends.

— Juridiquement, bien entendu. Encore une question, Wilse. Établir de façon satisfaisante *pour qui* ?

— Vous êtes très malin, Deep. » (Il ouvrit le tiroir de son bureau et y prit une feuille de journal qu'il me présenta. Un article sur deux colonnes était encadré au crayon rouge. Il était intitulé : « On en parle en ville », par Roscoe Tate.)

Inutile pour moi de le relire. C'était tout le fiel d'un homme qui se déversait sur le papier. Un type qui n'avait pas su se faire du beurre sans suer, et qui râlait parce que d'autres avaient réussi. Un type qui avait de la haine envers trois personnes au monde : moi, Bennett, et lui-même.

« Je dois donner des preuves à Roscoe ?

— Pas forcément. Simplement “établir”. (Batten esquissa un sourire.) Ce ne sera pas facile, vous savez.

— Je sais. Il me déteste cordialement. »

Son sourire se confirma. « Ce n'est pas la raison. »

Je le regardai vivement.

« Tate pense que c'est vous le coupable, Deep.

— L'idiot !

— Il a ses raisons.

— Allez-y.

— La combine était vaste. On n'avait plus entendu parler de vous depuis vingt-cinq ans. Peut-être que vous connaissiez la position de Bennett et que vous avez décidé de prendre sa place, en vous disant qu'il respecterait votre ancien accord selon lequel l'héritage devait aller au survivant, lequel devait… euh… régler son compte au… meurtrier ?

— Il y a bien eu meurtre, Wilse.

— Vous voyez comment cela se joue ?

— Je vois. Dites-moi une chose : si je n'arrive pas à faire la preuve, à qui va la fortune ? »

Il me montra toutes ses dents, grandes et saines. « À moi. Tout me revient.

— Astucieux, dis-je.

— Certainement.

— Il se pourrait que je doive vous supprimer, Wilse. »

Il devint livide. « Vous seriez tellement compromis…

— Cela ne m'empêcherait nullement de vous tuer, Wilse. Ce serait facile. Pas la moindre difficulté. »

Le ramollissement de ses traits en fit un vieillard. Un moment, il avait oublié ce que c'était qu'un vrai dur. En vingt-cinq ans, il avait atteint une position d'où la mort soudaine lui paraissait impersonnelle, et maintenant, il la voyait de nouveau en face.

« Qu'est-ce que j'hérite ? repris-je.

— Si je vous lisais le testament ? Cela devrait…

— Dites-le-moi vous-même, Wilse. Je n'ai pas peur que vous me racontiez des bobards. »

Sa bouche se serra, ses yeux se durcirent. Il m'énuméra : « La compagnie de taxis Cosmo, le vieux bâtiment du club, des biens immobiliers divers, appartements, terrains, garages… Je vous en dresserai la liste… cinquante pour cent ou plus de parts à quatre entreprises et une brasserie.

— Pas mal. Pas d'argent comptant ?

— Dix mille dollars à votre arrivée, c'est-à-dire immédiatement. Tous les autres fonds et le reste quand vous aurez rempli les conditions du testament. »

Je tendis la main, avec le sourire. Batten la regarda puis mon sourire, auquel il répondit un peu sèchement. Il ouvrit le tiroir du milieu, y prit un chèque jaune au porteur et me le posa dans la paume.

« Une dernière question, fis-je. J'ai combien de temps pour remplir les… conditions ? »

Son sourire avait quelque chose de désagréable. « Une semaine. Vous pensez réussir, Deep ? »

Je pliai le chèque, l'empochai et me levai. « Pas de problème. Tout le temps voulu. » En allant vers la porte, je sentis son regard. Sur le seuil, je lui donnai un avant-goût de ce qui l'attendait. Je demandai à Augie : « Tu viens, mon gars ? »

Il ne regarda même pas Wilson. « Oui, monsieur Deep », répondit-il. Comme je l'ai déjà dit, Augie savait où était le bon bout.

*

Roscoe Tate avait été le premier des gosses du quartier à prendre un boulot. À quatorze ans, de six à huit, l'heure de pointe au métro, il vendait des feuilles de chou à sensation et rapportait chez lui un peu plus de pèze pour que son vieux puisse le boire. Un an après, il foutait l'ivrogne à la porte, citait les flics en témoignage contre son paternel pour négligence familiale, coups à sa femme et cruauté envers ses enfants. Il gagna le procès et se mit à faire vivre la famille.

Il y avait vingt-cinq ans de cela, et maintenant il écrivait dans les canards qu'il avait vendus dans la rue. Le vieux avait crevé de boisson, la mère était à Los Angeles près d'une de ses filles mariée, et Roscoe continuait la vendetta contre le quartier où il avait grandi. Le chiendent, c'est qu'il ne pouvait pas s'en empêcher.

Il était installé dans le *delicatessen* de Hymie, avec un sandwich au foie de volaille et le téléphone, occupé à froncer les sourcils au-dessus des notes qu'il avait prises. Je longeai la rangée de tabourets et m'emparai derrière le comptoir d'une chaise d'époque. Hymie leva la tête, avec une expression de fureur, prêt à tancer vertement quiconque osait toucher son trône. Il se figea.

Je glissai la chaise en place et m'y posai. Roscoe

demanda, sans me regarder : « Vous cherchez des crosses, mon garçon ? »

Je ris doucement, et ce fut le seul bruit dans l'établissement, pendant un instant. Puis ses doigts contractés blanchirent autour du journal qu'il serrait et ses yeux roulèrent jusqu'à rencontrer les miens. « Deep, dit-il.

— Salut, Roscoe.

— Espèce de pouilleux, tu as neuf dollars et quarante cents ?

— Certainement.

— Pose-les là. (Il tapota du doigt la table.) Ici.

— Certainement. »

Je comptai le fric et le posai sur ses feuilles de notes en souriant. Il y avait bien longtemps, je l'avais sonné et soulagé de son gain de la semaine. Je me remis à rire quand il ramassa les billets pour les enfouir dans la poche de sa veste.

Il avait les traits contractés et je devinai qu'il regrettait pour une fois de n'être pas un homme, un vrai. « Ne me gâche pas le plaisir, salaud, dit-il, je m'étais promis de te reprendre ce pèze un jour ou l'autre.

— Tu veux des intérêts ?

— Fais pas le méprisant. (Il s'humecta les lèvres.) J'espérais bien récupérer ça sur ton cadavre.

— Tu es remboursé, mon pote. Sans rancune ?

— Dégueulasse. Saleté. (Il attendit, mais je me contentai de sourire.) Et alors, que me veux-tu ? »

Je haussai les épaules. « Je ne sais pas. Pas encore. Mais il y a *quelqu'un* que je cherche, Roscoe. Tu me suis ?

— J'ai mon idée.

— Tu sais pourquoi je suis revenu ? » demandai-je.

Il s'essuya la bouche du revers de la main. « Ouais. Je crois le savoir. Je suis même prêt à en parler parce que j'espère que cela t'attirera une histoire qui te fera pendre haut et court.

— Alors, pourquoi suis-je revenu ?

— Tu veux la combine. Tu y as droit par héritage. Et à toute une bande de connards à face de lune par-dessus le marché. Un bloc de malhonnêteté et de sauvagerie cousu main prêt à fonctionner. Pas de doute, vous étiez une fameuse paire de potes, Bennett et toi. Vous avez vraiment observé la loi de la vieille bande. Vous avez fait le pacte du sang et vous l'avez tenu ! (Il s'interrompit, découvrant ses dents irrégulières.) Et Bennett te lègue tout le bastringue… les maisons… les boîtes de nuit… le fric… tout le saint-frusquin.

— C'est gentil de sa part.

— Il n'y a qu'un os… faut que tu sois assez salaud pour pouvoir tout garder. »

Je le regardai longuement, en accentuant mon sourire. « Tu es convaincu que c'est pour ça que je reviens ?

— Oui. Certain. Tu es resté trop longtemps parti. Maintenant, c'est le gros fric. Un million de dollars et un gang sur mesure. Si tu es capable de tenir. Le meurtre, ça va chercher gros en justice, et c'est assez facile à prouver. »

Je cessai de sourire. « Petit con ! Ce n'est pas pour des millions que je serais revenu. Je n'ai besoin ni d'un gang, ni d'un million. » Je me tus un instant. Puis je repris : « Ce n'est pas moi qui l'ai tué, espèce d'idiot ! Pourquoi crois-tu que je suis ici ? »

Son expression changea. Il se détendit. Ses traits se chargèrent d'une sorte d'impatience. « Alors, *tu sais* où ça se trouve. Bennett t'a aussi légué ça ? »

Je me levai en repoussant la chaise contre le mur. « Ma vieille, je ne suis revenu que pour une raison. Il me faut le type qui a descendu Bennett. Il me le faut à tout prix. Compris ? »

Sa voix s'éteignit : « Compris. » Il pinça les lèvres. « Toutes vos couillonnades d'enfance, ça t'est resté. Le pacte du sang. Tu veux tuer, hein ? C'est bon, trouve-le. Je te suis jusqu'au bout. J'espère bien que tu le déquilleras, ce porc. Parce qu'alors, je pourrai te faire payer. J'ai tellement envie de rédiger ta notice mortuaire que ça me ressort par les feuilles. Je t'aiderai à le trouver, Deep. J'espère bien que tu vas lessiver toute cette bande de vieux salauds. Décime le quartier s'il le faut. Tous les mômes ont grandi dans l'ombre de Bennett et j'ai comme l'impression que tu es encore pire que lui. »

Sa chaise grinça, il se mit debout, la tête levée : « Dis-moi une chose, Deep. Tu es un type important dans le patelin d'où tu viens ? Tu es vraiment un personnage, hein ?

— Vraiment important », fis-je en riant de nouveau.

Son regard s'éteignit. « Plus important que Bennett ?

— Beaucoup plus.

— J'écrirai ta notice funéraire. Avec toute la sauce.

— D'accord. Je te fournirai même des détails sur ma vie si tu m'aides à découvrir qui a effacé Bennett.

— Deep, j'en serai ravi. Ravi, c'est bien le mot. Lui d'abord, et puis ce sera ton tour.

— Tu causes ou t'agis ? »

Il sourit à son tour. « Tu me connais pourtant bien. Vous étiez tous plus forts que moi, mais je n'ai jamais eu peur. Pas pour deux sous. Les salauds me connaissent, ils savent ce que je pense. Je les mitraille dans mes articles chaque fois que je peux et ils le savent. Et ils me foutent la paix. Tu les connais. Ils me considèrent comme un des risques du métier. Si j'asticote un mec, c'est qu'il l'a cherché. En même temps, ils sont prudents. Je suis né dans le quartier, mais moi, je n'en ai jamais fait partie. S'ils s'attaquent à moi, ils se font durement sonner par les flics, ou alors le journal remue la merde à pleins baquets. » Il s'épanouit. « Bennett n'est plus… et je crois que ça va être ton tour. Formidable ! »

J'observai sa joie imaginative dans ses yeux, je le vis se pourlécher en songeant à l'avenir. Puis il me dit : « Tu as hérité un sacré merdier, Deep. Et tu ne sauras jamais !

— J'ai hérité plus que ça. »

Son poing fit une boule des papiers qu'il tenait. Son cou s'enfla et devint écarlate. Il tenta de bluffer : « Quoi donc ?

— Irish Helen. La petite Helen, l'Irlandaise. Je crois comprendre qu'elle fait aussi partie de l'héritage. »

Il détacha ses mots d'une voix sourde : « Je te tuerai moi-même si tu l'approches, Deep. Reste à l'écart, compris ? Ne pose pas tes sales pattes sur la petite.

— C'est de l'amour, Roscoe ? Ou une affection désintéressée ? »

Son juron fut encore plus sourd que ses paroles.

« Elle était à Bennett, elle aussi, dis-je. Maintenant, elle est à moi. Elle fait partie de l'héritage.

— Tu ne feras pas de vieux os, Deep.

— Pas à cause de toi, petit bonhomme. Tu respectes trop l'ordre et la loi. Tu pourrais avoir des idées, mais tu ne feras rien. Tu attendras qu'un pruneau me perfore ou que la police m'arnaque, et dans l'intervalle, tu continueras à mourir un peu, toi aussi. On m'a dit qu'elle est devenue un beau brin de fille. Grande et belle comme il n'y en a jamais eu dans le quartier. Elle était jeune dans le temps, mais il paraît qu'elle est mieux que jamais. Elle a joué dans deux ou trois succès de Broadway, et tout le monde lui court après. Hein, Roscoe, ce doit être une poupée de première. Comment se fait-il que tu en sois amoureux ? »

Ses traits se durcirent. « Ce n'est pas cela. Tu as la mémoire courte, Deep. (Son regard s'assombrit.) C'est ma demi-sœur, tu te rappelles ? »

Je grognai. Je l'avais oublié. « Je jouerai serré, fiston. Simplement, ne t'en mêle pas, ou je te chatouillerai légèrement.

— Tout comme autrefois.

— Tout juste. »

Il eut une expression de dégoût. « Que désires-tu savoir, Deep ?

— Comment est mort Bennett ?
— Tu l'as lu dans les journaux.
— Exact, mais rafraîchis-moi la mémoire. »
Il haussa les épaules. « Il est allé répondre à la porte de son appartement, et l'assassin lui en a collé une en pleine gorge.
— De calibre 22, ajoutai-je.
— Ouais, et d'assez près pour que ça fasse un rond de poudre. Un putain de 22 ! Une arme de gonzesse ! (Sa voix se fit sarcastique.) Ne t'en fais pas pour ton héritage. Helen n'est pas soupçonnée. Elle avait une répétition ce soir-là.
— Où était Dixie ?
— Il avait un alibi.
— D'après les journaux, oui. Bennett l'avait envoyé chercher du scotch. Mais qu'est-ce que tu en penses, personnellement ?
— Ça tient. Bennett lui a même téléphoné pendant qu'il était dans la boutique pour lui dire de ramener aussi une caisse de rye. Le type qui a pris la commande a envoyé son commis avec Dixie. Ils ont trouvé le cadavre tous les deux.
— Et tout le monde a gobé ça ?
— Ouais, et en plus, c'est logique. Le type du débit a même ajouté un détail… lui et Bennett avaient un mot de passe pour authentifier les commandes,

pour éviter que les mecs de la bande à Bennett puissent se rincer à ses frais.

— Donc, Dixie est hors de cause ?

— Il n'a jamais été assez malin pour imaginer un truc pareil.

— Alors, qui a descendu Bennett ?

— Demande aux flics, ballot !

— Ils sont trop contents qu'il soit mort pour se poser beaucoup de questions sur son assassin. Et ce n'est pas de renseignements que j'ai besoin. Seulement d'idées. »

Le visage de Roscoe se contracta. « Tu sais, Deep, je voudrais rudement avoir une piste. Même l'ombre d'un indice, parce que j'aimerais bien me trouver dans les parages quand tu vas soulever le couvercle.

— Le couvercle de quoi ?

— De ton héritage ! »

III

Il pleuvait de nouveau ; la pluie ténue, sale et molle de New York, avec son indéfinissable hargne. Les pavés noirs étaient glissants et les rues avaient un éclat malsain.

J'étais en face de la bâtisse vieille de cent ans, dont on avait ravalé la façade, mais qui dégageait toujours le même relent. L'enseigne aussi était neuve. La vieille avait été peinte à la main, mais celle-ci disait la même chose en lettres au néon : KNIGHTS OF OLD CLUB.

Je songeai que Bennett avait toujours été un grand sentimental. Il n'avait jamais oublié les Knights of Old (les Chevaliers d'Antan) de notre jeunesse. Pour lui, il en était resté membre à perpétuité. Il avait eu beau posséder les appartements les plus luxueux et les boîtes les plus courues de la ville, son port d'attache, c'était le vieux coin où les Knights avaient vu le jour.

Du début à la fin, cela ne faisait que trois étages d'écart. Les Knights avaient commencé dans une cave. Ils étaient montés d'un cran à la fois, jusqu'à occuper toute la baraque.

Et maintenant, derrière la crasse soigneusement conservée qui aveuglait presque les fenêtres, les Knights se réunissaient de nouveau. Le roi était mort. Ils devaient conférer pour s'en choisir un autre.

Ces gars-là avaient pas mal à apprendre. Plus besoin de gamberger.

Le nouveau roi, il était là.

Je me dirigeai vers le Q.G. et en poussai la porte. Pour la première fois, il n'y avait pas de planton. Autrefois, on collait ce rôle à un comparse. Il fallait montrer patte blanche ou bien…

Toujours la même carpette sur les marches, sauf que les trous s'étaient agrandis. Il y avait toujours une encoche dans la rampe, que Bunny Krepto avait entaillée avec un cran d'arrêt la veille du jour où il s'était fait descendre. Au tournant du palier, le bois était poli par les centaines de mains qui avaient passé des milliers de fois sur la surface autrefois rugueuse d'une cassure.

Je poussai du pied la porte qui s'ouvrit sans bruit.

Le type de garde, les mains dans les poches, examinait ce qu'il se passait sur l'estrade, de l'autre côté du bar, un mégot au coin de la lèvre, les yeux embués d'alcool à bon marché.

« Comme au bon vieux temps », songeai-je. Pas grand-chose de changé. Au lieu d'une meute de gamins assis sur des caisses à oranges et de vieux bancs, les luxueux sièges de cinéma étaient occupés par des têtes grisonnantes et de gros bides, et l'on repérait parmi eux quelques bobines qui avaient figuré à la une des journaux, l'an dernier.

Seuls les visages restaient les mêmes. Plats et vides. Mais gourmands, et c'était la meilleure armée possible pour tenir les autres à l'écart. Benny Mattick était au micro, et son accent de Brooklyn ne s'était pas abâtardi. Plus vieux, plus gros, mais toujours Benny-de-Brooklyn. C'était bien le malfrat farouche qui s'était sorti à coups de flingue d'une douzaine de pièges policiers, et le même mec qui avait écoulé pour un million de came sans jamais se faire choper.

Dixie était près de lui. J'observai sa silhouette efflanquée, ses joues creuses, surpris qu'il soit encore en vie, et je me demandai comment ses bras avaient tenu le choc sous les milliers de coups de seringue auxquels il devait ses instants de grandeur.

Son costume à fines rayures sentait le tailleur à deux cents dollars, et le caillou qu'il avait au doigt du milieu en valait bien quelques milliers, à l'état brut.

Je restai planté jusqu'au moment où le factionnaire me repéra et pivota en cherchant à dégager sa main de sa poche. Il s'immobilisa sans sortir la main, avec un sourire idiot.

Il me demanda : « Tu l'as ? »

Je ne montrai pas la nouvelle carte. J'attendis qu'il m'ait bien examiné, puis je retroussai ma manche pour lui montrer les initiales K.O. gravées au couteau sur mon poignet.

Son visage se transforma. C'était toujours pareil avec les jeunots. Les K.O., c'était l'avant-guerre, et les lettres étaient assez profondément entaillées pour rester livides. Les deux points avaient été incrustés avec le bout d'une cigarette.

Je gagnais le bout d'une rangée de sièges et me laissai glisser près d'un petit type. « Salut, Cat », lui dis-je.

Son sursaut n'était pas de la frime. « Mince… Deep ! Quand es-tu…

— Qu'est-ce qu'on fabrique ?

— Mince, Deep…

— Je t'ai posé une question, Cat.

— On se réorganise, Deep. Ça alors, Benny croyait…

— Depuis quand a-t-il pris le commandement ? »

Cat fit des mouvements convulsifs de la glotte. « Juste après que Bennett a eu son compte. Mince, Deep. Le club est important. On peut pas laisser la situation péricliter. »

Je lui fis signe de se taire. Sur l'estrade, Benny-de-Brooklyn s'emballait. Il était occupé à se nommer roi, et d'après son expression, tout était déjà réglé, sauf les acclamations.

Les Knights étaient puissants. Ils avaient du fric. Ils étaient les protecteurs du district. C'était une force politique qui voulait une main habile à la barre, et Benny était l'homme du moment.

Je regardai les autres pour voir comment ils prenaient la chose et c'était tout comme autrefois. Cela ne leur plaisait pas, mais ils ne cherchaient pas la bagarre non plus. Ils avaient tous des figures crispées, mais sans énergie. Ils acceptaient le fait accompli, du moins pour le moment.

Quand Benny déclencha son sourire, je compris que le discours touchait à sa fin. Ils allaient voter debout, à l'unanimité, puis ils iraient boire un demi au bar. Les autres s'y attendaient également et commençaient à s'agiter sur leurs sièges.

« Et maintenant, plus de questions ? » fit Benny.

Je me levai en laissant claquer mon siège. « J'ai quelque chose à dire, Benny. » Cat toussota et se tassa encore davantage.

Toutes les têtes pivotèrent, sourcils froncés sous la lumière crue, en entendant cette voix inattendue. Un murmure s'éleva aux quatre coins et gagna le centre en une vague molle. Personne ne voulait l'ouvrir le premier. À ce point, il ne restait plus que les rois sur l'échiquier.

Benny avait trop attendu. La situation lui échappait, et il s'en rendit compte. Il voulut se reprendre, mais Dixie le fit taire d'un coup de coude et demanda : « Qui êtes-vous, là-bas ?

— Regarde bien, et tu le sauras », dis-je.

Quelqu'un, assez loin, prononça mon nom. Cela suffit, et toutes les têtes pivotèrent dans l'autre sens. Ils se penchèrent, par petits paquets, pour se communiquer la nouvelle, qui parvint enfin à Benny. Son visage s'empourpra et Dixie resta figé, la bouche méchante. Prêt à tuer.

Dans le silence rétabli, je dis : « Au cas où il y aurait des nouveaux qui connaîtraient mal le règlement, je vais vous le rappeler. Personne n'a rien à réorganiser ici. Je prends la succession. Simplement. »

Benny se cramponnait au support du micro. « Fais attention, Deep. Tu ne vas pas revenir ici…

— Arrive ici, Benny. »

Le silence était tangible.

Je répétai : « Arrive ici, Benny. Fais dix pas de géant, et trois pas de bébé. »

Sur la petite estrade, Benny fit son premier grand pas. Puis un second. Puis il descendit les marches. Il s'arrêta.

« Jusqu'ici, Benny. Encore un petit pas. »

Son visage était devenu livide. Il s'humectait les lèvres. Il vint se planter devant moi. Pour que personne n'en perde rien, j'y allai au ralenti. Je lui collai le plat de la main sur la gueule et l'envoyai dinguer contre le mur, les mirettes à la retourne.

Puis je dis : « Dixie… » et le planton de la porte étouffa un cri, et Cat se poussa d'un siège.

Dixie ne faisait pas des pas de bébé. Il arrivait de sa démarche de crabe, avec un sourire figé, mortel, qui indiquait qu'il y avait une piqûre de plus dans la peau de son bras, ce soir. Il était tellement gonflé qu'il oubliait que nous étions encore quelques-uns à ne pas avoir une trouille mortelle de la lame qu'il affectionnait tant. Je le laissai approcher à me toucher, et lui arrachai la lame des doigts, si vite qu'il ne s'en aperçut que lorsque je lui eus raclé les côtes avec, de façon que tout le monde pût voir le sang couler. D'un coup de poing, je lui pulvérisai quelques crocs. Il s'abattit sur Benny-de-Brooklyn et resta là, à haleter.

Je souris à tous les regards. « Maintenant, vous connaissez le règlement. Nous ne sommes pas tout à fait en démocratie. Plutôt en dictature, et c'est moi le patron. Quand vous serez assez forts pour prendre le pouvoir, essayez. Essayez. Mais tâchez d'être assez forts, voilà tout. »

Quand je me retournai, tous les petits yeux de cochon se plissèrent de faux sourires. Quelques-uns se détournèrent, d'autres m'approuvèrent, certains me haïrent. Mais la plupart avaient peur.

« Il y a des choses qui ont changé ces dernières années, leur dis-je. Je vois des visages nouveaux. Des gens importants. Je sais pourquoi vous êtes ici, et je connais les liens qui vous unissent. J'espère que personne d'entre vous ne tentera un coup à sensation, parce que ça, c'est un boulot que je connais. L'organisation continuera de marcher comme du temps de Bennett en attendant que j'aie examiné toutes les affaires. Et maintenant... Vous avez des questions ? »

Une main s'agita, à l'autre bout. « Deep...

— Qui me demande ?

— Charlie Bizz.

— Parle, Bizz.

— Tu reviens pour de bon, Deep ?

— À fond. S'il y a d'autres candidats à la place, tu peux choisir ton camp.

— D'ac, Deep. Content de te revoir, petit. »

Je fis un signe de tête dans sa direction. « Augie se charge de me rassembler toutes les paperasses. Ne lui faites pas de difficultés. Je veux la liste des membres et de tous les biens que détenait Bennett. Si l'on me cache quelque chose, il y aura du grabuge. Comme autrefois. »

Un visage qui m'observait impassiblement grimaça de dérision. C'était celui d'un homme dont la force se dissimulait sous une barde de graisse, mais se trahissait dans ses yeux durs et ses lèvres minces. Son ricanement était froid, voulu, calculé.

« Vous n'avez pas l'air convaincu, conseiller », dis-je.

Hugh Peddle, qui tenait l'ancien district hollandais, me jaugea d'un coup d'œil voilé, sans se départir de sa grimace. Sa voix douce ne ressemblait nullement à son rictus. « Je ne suis que curieux, monsieur Deep.

— Vraiment ? (J'étais à l'affût du moindre changement d'expression.) Il y a près de vous un

M. Coppola. Pour le moment, je crois comprendre qu'il représente la force dirigeante du parti au pouvoir à City Hall. Vous le connaissez bien ?

— Très bien, monsieur Deep.

— Les hommes forts comme vous fréquentent généralement les bains turcs. Avez-vous remarqué les cicatrices qu'il a au ventre ?

— Souvent.

— Vous a-t-il raconté comment il les a ramassées ?

— Jamais. »

Quand je souris, il eut un peu de difficulté à garder son rictus. « Demandez-le-lui donc », dis-je.

De trois ou quatre points s'élevèrent des grognements d'acquiescement. Il y avait encore des membres de la vieille garde.

La séance n'était pas encore levée. Il restait quelque chose à faire. Je m'appuyai au dossier d'un siège pour les regarder tous. « Celui qui a tué Bennett fera bien de se tirer dès maintenant. Quand je mettrai la main sur lui, il sera au bout de la route ! »

Benny et Dixie s'étaient relevés, mal résignés à accepter les événements. Leurs figures reflétaient un passé vieux de vingt-cinq ans, les vacheries qui s'étaient déroulées dans la cave. Ils se rendaient compte que cela recommençait.

J'en fus satisfait.

Le petit Cat m'observait comme un chat, ce qui lui avait valu son surnom. Je lui fis signe. « Toi, Cat, suis-moi. »

Il se faufila avec un rire de bonheur et attendit. Comme les autres. Ils attendaient tous. Je leur dis : « Vous aurez de mes nouvelles. Ne bougez pas. »

Le planton m'ouvrit la porte avec un signe de tête plein de respect et nous descendîmes rejoindre Augie. Le grand mec leva les yeux vers un haut-parleur, en haut de la cloison. « L'intercom, dit-il.

— Dans ce cas, tu sais que je t'ai pris en charge. Ça va ?

— Jusqu'au bout, monsieur Deep. Je sais ce que j'ai à faire. »

Cat ouvrit la porte et nous restâmes dehors, sous la pluie. Il toussa derrière sa main en se frappant la poitrine. Quand il put de nouveau parler, il me demanda : « Qu'est-ce que je fais, moi, Deep ?

— Comme toujours, Cat. Par-dessus les murs et les clôtures. Partout où personne d'autre ne peut passer. Tes yeux et tes oreilles.

— Je ne suis plus le Cat d'autrefois, Deep.

— Malade ?

— Les poumons. Tubard. Mais il y a des chances que je ne passe pas l'arme à gauche avant toi.

— Tu crois ?

— Ils t'auront, Deep. Il n'y a personne dont ils veulent autant la peau. Ils ont des grands projets en route pour l'équipe. Tu viens tout bousiller. T'as pas compris ?

— J'en ai eu l'impression, dis-je en souriant. Personne n'a dit le fond de sa pensée.

— Tu les as possédés par surprise. Ils ne sont pas habitués à la tactique d'autrefois. Ils voient les choses en grand maintenant. De la grande gamberge. Ils ne boulonnent plus dans les caves. Mon vieux, tu veux les congeler, ces gros lards ?… alors, ramène le bon vieux temps ! Moi, merde !… Ça me fout la trouille aussi. Je ne pourrais plus supporter des coups pareils.

— Eux non plus, mon gars. Ils aiment se donner des airs, mais c'est tout. Les temps ont changé. »

Cat se mit à rire. « Comme je te l'ai dit, je suis avec toi. Pas pour longtemps, mais tant que ça dure, je suis de ton bord.

— Tu n'as pas peur de mourir ?

— Vieux, vieux, si tu savais, j'ai seulement peur de vivre. C'est ça qui me crève. »

Il me sourit encore, et me suivit dans la rue.

IV

Le flic de patrouille était déjà vieux quand j'avais fait sa connaissance. Sous sa casquette, ses cheveux gris indiquaient plus que la retraite prochaine. Cela signifiait un gars suffisamment solide pour résister aussi longtemps, un gars qui connaissait toutes les ficelles et toutes les règles du jeu, bonnes ou mauvaises. Son bâton était comme un être vivant au bout de sa lanière, un symbole sur lequel on ne pouvait se méprendre.

Il s'arrêta devant moi et me dit : « On m'avait bien dit que tu étais de retour, Deep.

— Les rumeurs voyagent vite, monsieur Sullivan.

— On m'a dit aussi qu'il y avait déjà eu des accrochages.

— Rien de sérieux. »

Son doigt se posa sur ma poitrine et dessina un

cœur, un peu à gauche. « Voici un endroit vulnérable. Quelques grammes de plomb, mon garçon, et tu es foutu.

— Vous parlez comme si on était encore autrefois, monsieur Sullivan.

— Tu te conduis comme autrefois, Deep. (Les rides autour de ses yeux se figèrent.) Jusqu'à maintenant, on était tranquilles. On ne déquillait plus personne.

— Sauf Bennett.

— Il ne valait pas grand-chose. Plus de tueries. Rien n'en vaut la peine.

— Vous êtes devenu bien philosophe depuis le jour où vous m'avez collé une volée de première à coups de menottes, il y a vingt-cinq ans. »

Il hocha la tête en se le rappelant. « Cela n'a pas arrangé les choses, hein ?

— En partie, monsieur Sullivan, en partie. Je sais maintenant ce qu'on peut faire à coups de menottes. Cela ne m'arrivera plus.

— N'en sois pas trop certain. (Son regard se durcit de nouveau.) Tu t'es embarqué dans une sacrée galère, petit. Une vraie galère. Tu peux jouir de tes jours au maximum. Il ne t'en reste plus beaucoup. »

J'eus un rire bref en regardant sa main qui faisait voltiger le bâton. Il rougit, le visage contracté.

« Toujours le mec astucieux. Combien que tu en as descendu, Deep ?

— Cinq. Cinq certains et deux probables.

— Ne viens pas faire d'entourloupettes dans mon quartier. »

Je mis les mains aux poches en haussant les épaules. « Je veux bien essayer de vous être agréable, mon vieux. Mais s'il arrive quelque chose, tâchez de faire attention. J'ai comme qui dirait de l'affection pour vous. »

En m'éloignant, je sentais que des yeux m'observaient, et que des oreilles écoutaient les nouvelles. Il y avait peut-être longtemps que le quartier était tranquille, mais maintenant, c'était déjà du passé.

*

En vingt-cinq ans, la seule chose qui avait changé à l'épicerie Brogan, c'était la marchandise. Le trottoir était encombré de caisses de légumes, qui cachaient les vitrines. À l'intérieur, Brogan était toujours le même avec son tablier couleur tomate et son galure en paille.

Près de la boutique, une porte étroite ouvrait sur un escalier qui menait aux quatre étages, en une montée ténébreuse où s'appuyer à la rampe était une nécessité. Au rez-de-chaussée, une plaque de métal indiquait *Lee*, mais je ne me donnai pas la peine d'appuyer sur le bouton de sonnette. Les marches grinçaient et craquaient suffisamment dans ces vieilles baraques pour qu'on ne puisse ni y entrer ni en sortir discrètement.

Il y avait deux portes sur le second palier, mais il n'y avait de lumière que derrière celle du fond. J'enjambai les cartons empilés, contournai une rangée de bouteilles et frappai au battant. Il y eut du mouvement à l'intérieur, mais on ne répondit pas. Je frappai une seconde fois et entendis un martèlement de talons. Un verrou grinça et la porte s'ouvrit.

Il y a des choses auxquelles on ne peut pas s'attendre. On ne s'attend pas à trouver une poupée d'une beauté renversante dans un appartement misérable. Pas une femme aussi grande que vous, ronde et ferme au point que la chaleur qui en émane est comme un parfum. On n'est jamais prêt à trouver des yeux qui ont l'air de déguster plutôt que de vous voir, ou des cheveux noirs si vivants que leur mouvement est quelque chose de sensuel qui vous révèle des instincts cachés.

Je dis : « Salut, ma douce », et lui rendis son regard.

Ses sourcils remontèrent, avec une méfiance toute professionnelle.

« Pardon ?

— Je cherche Tally Lee. »

Elle hocha légèrement la tête, faisant onduler sa chevelure. « Désolée, mais elle ne reçoit personne. Personne.

— Pourquoi ?

— Elle est malade. Et maintenant, si cela ne vous fait rien… »

Je poussai la porte et entrai. « Cela me fait, au contraire », dis-je. Je refermai le battant et me dirigeai vers la chambre où une veilleuse répandait une lumière jaunâtre et je contemplai Tally, couchée dans un vieux lit à colonnes, son visage exsangue encadré de cheveux d'un rose agressif. Elle paraissait morte. Son souffle soulevait à peine les couvertures.

« Que s'est-il passé ? demandai-je.

— Somnifères.

— Pourquoi ?

— Quelque chose qui lui a fait peur.

— Elle ne risque plus rien ?

— Pour l'instant, peut-être. (Elle reprit son souffle.) Alors, débinez, mon gars !

— Quand je serai prêt. (Je regardais toujours Tally.)

— Tout de suite, bonhomme. Autrement, vous pourriez attraper mal.

— Je ne peux pas attraper mal, lui dis-je sans me retourner.

— Ne vous faites pas d'illusions. Vous ne savez peut-être pas qui je suis. »

J'attendis un long moment avant de dire : « Si, je sais, môme. »

Elle ne m'entendit pas, ou ne voulut pas. « C'est Lenny Sobel, mon… ami. Il n'aime pas les types dans votre genre. Je lui dirai. »

Je me retournai et, d'un doigt sous le menton, lui relevai la tête : « Dites-lui donc de ma part que c'est une nouille. Dites-lui que j'ai un petit pruneau bien trapu que j'aimerais lui glisser en guise de suppositoire, et que s'il se met en travers de ma route, je me ferai une joie de lui démontrer comment il fonctionne. À n'importe quel moment, et n'importe où. »

Elle me rabattit la main, avec un regard de chatte en colère. « Et de la part de qui, mon gars ? Qui donc est si pressé d'avaler son acte de naissance ? »

Je souris en observant ses lèvres charnues qui découvraient une rangée de dents adorables, en un rictus d'animal sauvage. « Vous n'avez donc pas de mémoire ? lui dis-je. Je vous ai arrachée autrefois aux pattes d'un artiste du viol et j'ai sonné une paire de mecs à Bello qui voulaient vous faire passer à la casserole dans un taxi. J'ai encaissé une rouste mémorable de la part d'un directeur de Prisunic qui s'imaginait que je lui barbotais sa camelote alors que c'était vous. Vous vous rappelez maintenant ? »

Elle recula comme pour se cacher derrière les rideaux, le souffle coupé. Elle n'était plus qu'un regard. Elle avait du mal à se libérer de l'immobilité dans laquelle elle s'était soudain figée.

« Deep…

— Ouais. Tu as la mémoire courte, ma petite Irlandaise. Tu n'en as même pas du tout. »

Elle porta le dos de la main devant sa bouche. « Deep…

— Tu sais encore le dire bien gentiment, ma chatte. »

Tout lui revenait par bribes : la rue, la bande, les manigances des gamins à l'école. Le toit où, appuyés contre une cheminée chaude, deux enfants avaient perdu la virginité de l'amour en un premier baiser.

Puis elle se souvint de tout, et du reste, et son visage se durcit. « Valait mieux que je ne pense plus à toi, Deep.

— Cela me paraît être l'avis général, fis-je en souriant et en la scrutant à fond. Tu es une belle fille, Irish, même si cela n'a pas changé. Tu l'as toujours été.

— Je sais.

— Normal. C'est assez évident. (Je sentis que je ne souriais plus.) Et ça t'a servi, hein ? C'est à Lenny tout ça, maintenant. »

Sa main se porta vers ma figure, en un éclair, mais pas assez vite. Je la pris, la rabaissai et serrai Irish contre moi. « Ne recommence pas, chérie. Personne ne me touche sans se faire sonner. Et je ne voudrais pas que ça t'arrive. Ne t'imagine pas que ce merdeux de Lenny et moi on est de la même classe, et si tu tiens à te mettre à son niveau, alors tâche d'être foutrement gentille avec moi. Foutrement gentille. Compris ? Je te gifle à te faire loucher si jamais tu t'avises de faire la fortiche avec moi. »

Il y eut en elle quelque chose d'avide quand elle me dit : « Tu n'es plus dans la course, Deep. Tu es déjà mort et enterré. »

Je hochai la tête. « On me l'a déjà dit, mais je ne crèverai pas le premier, et c'est ça qui vous emmerde tous. »

Ses yeux se levèrent sur moi.

« Tout le monde a horreur de se faire tuer, dis-je. Personne ne tient assez à être un héros pour y passer le premier. »

Je la lâchai et elle recula en se frottant le poignet. « Tu me pues au nez, Deep. » Elle le dit calmement, avec un dégoût évident.

« Qu'est-il arrivé à Tally ?

— Je ne sais pas. Elle m'a téléphoné, elle avait l'air un peu siphonnée. J'ai pensé qu'elle avait bu et je lui ai dit de se coucher. Quand je suis arrivée, elle était dans un fauteuil, sans connaissance, avec un flacon de somnifères à moitié vide.

— Tu as appelé le médecin ?

— Naturellement. Il a passé toute la matinée ici.

— Rien de sérieux ?

— Pas physiquement.

— Pourquoi t'a-t-elle téléphoné, à toi, Irish ? Tu es une fille d'un autre milieu. Tu n'as pas reniflé le vieux quartier depuis l'âge de douze ans. Tu es aussi déplacée ici qu'un chapeau sur un âne.

— Tu me pues au nez, Deep.

— Voilà que tu te remets à parler comme dans le coin. Parle distingué, et réponds-moi, nom de Dieu ! »

Elle recula encore, les traits contractés. « Bon, je suis d'un autre milieu, mais je n'ai eu qu'une amie dans ma vie.

— Pas Tally, quand même ?

— Non, pas Tally, mais sa sœur. (Elle vit que

je l'observais et hocha la tête.) Tu ne t'en souviens pas. Les filles ne comptaient pas pour toi dans ce temps-là. Elle était de mon âge et nous étions dans la même classe. Tu sais ce qu'il lui est arrivé ? »

Tally me l'avait raconté elle-même. Je dis : « Ouais, Bennett l'a bourrée de came. Elle a fait la culbute.

— Du haut d'un toit, oui. Elle s'est suicidée. (Elle eut un sourire méchant.) C'est ton ami qui a fait ça.

— Et alors ?

— Alors, tu me pues au nez, Deep. »

Je lui appliquai un revers de main en travers de la bouche. Elle rougit. « Bouge pas, ma chatte. Avec moi, vaut mieux pas bouger. »

On eût dit que je ne l'avais même pas touchée. « Tu es un dur, pas vrai ?

— Sûr et certain.

— Ça ne te gêne pas que je reste dans le coin pour te voir effacer ?

— Pas le moins du monde.

— Je m'en ferai une vraie joie.

— Je tâcherai que tu en aies pour ton argent.

— Je n'en doute pas. Et je t'aiderai. Je ferai de mon mieux pour qu'on te descende. »

Ses bras montèrent à mon cou et m'enveloppèrent, et la chaleur que j'avais sentie à la porte m'envahit, et sa bouche humide se colla à la mienne en un baiser humide, un baiser de mort ardente, à la fois accueil et adieu.

Quand elle s'écarta, elle jeta un coup d'œil vers le lit. « Pourquoi es-tu venu ?

— Tu ne comprendrais pas.

— Dis toujours… »

Je tirai de ma poche un chèque au nom de Tally et le lui montrai : « Mille dollars.

— La vie de sa sœur valait sûrement plus que ça.

— Idiote, c'est pas pour ça. C'est en paiement pour des renseignements.

— Qu'est-ce qui te fait penser qu'elle t'en donnera ? »

Quand je la regardai, elle eut un mouvement de recul. « Parce qu'elle est comme toi. Elle aussi a envie de me voir crever. Elle donnerait n'importe quoi pour me faire descendre.

— Pas n'importe quoi.

— Mais toi, oui, fis-je. Tu donnerais n'importe quoi !

— Exact. Rien que pour être sûre de te faire abattre. » (Elle haletait et ses yeux avaient une profondeur brûlante.)

Je griffonnai quelques lignes, épinglai le papier au chèque et posai le tout sur l'oreiller près de Tally.

Je relevai les yeux et dis : « Je vais voir si je peux arranger les choses comme tu le désires. Viens. »

En bas, je trouvai une voisine, qui, moyennant vingt dollars, consentit à rester près de Tally, et un médecin qui, pour vingt de plus, accepta de lui rendre visite de temps à autre. Un rapide coup de fil à Augie m'assura le concours d'un gars qui surveillerait la maison et parerait au grain.

Quand je ressortis de la cabine téléphonique, Irish m'attendait, joliment emmitouflée dans un vison qui ne dissimulait nullement le mépris qu'elle éprouvait chaque fois qu'elle devait me regarder.

Mais cela n'avait pas d'importance. Il est plus marrant d'attraper les souris que de jouer avec, et c'était une sacrée souris !

Je l'emmenai au-dehors, fis signe à un taxi et la poussai à l'intérieur. Je donnai au chauffeur l'adresse d'une boîte et m'adossai confortablement. Irish me regarda, son mépris mitigé de curiosité.

« Pourquoi ces histoires avec Tally ?

— Parce que quelqu'un qui a la haine aussi vivace sait forcément quelque chose qui peut m'être utile.

— Utile à quoi ?

— À trouver l'assassin de Bennett.

— Noble croisade, en vérité !

— Et tu souhaites que je me fasse tuer ?

— Mieux que ça, n'oublie pas ! Je veux être là pour le voir !

— T'as pas peur de tourner de l'œil ?

— Peut-être, mais ça vaudra la peine.

— Pourquoi ?

— Parce que je te déteste. J'ai autant de haine que Tally. Je hais tout ce qui change des enfants en des êtres immoraux, sales, qui peuvent se retourner contre leurs amis pour de l'argent ou de la puissance. Je déteste l'avidité des politiciens qui poussent les honnêtes gens à bout, afin qu'un seul homme domine tous les autres. Je hais tout cela à en avoir la nausée, et voilà pourquoi je te déteste.

— Et pourtant tu es… l'amie de Lenny Sobel. (C'est dans ma voix qu'était le mépris à présent.)

— C'est une chose que tu ne peux probablement pas comprendre, mais je vais te l'expliquer quand même. (Les coins de ses yeux se relevèrent à l'orientale.) En étant son… amie, je peux exercer assez d'influence pour faciliter les choses pour… certaines personnes.

— Et peut-être les compliquer pour d'autres ?

— Peut-être.

— As-tu jamais oublié la nuit sur le toit, près de la cheminée ?

— Non. »

Je souris intérieurement.

« Mais cela ne m'empêche pas de vouloir être là quand tu te feras descendre. Je donnerais n'importe quoi pour voir ça !

— N'importe quoi ? »

Elle répéta sérieusement : « N'importe quoi. »

V

Lors de la démolition de la 52e Rue, un des bistrots, dont l'expropriation, pour des raisons d'urgence, avait été payée trop cher, changea de nom et de Coup d'envoi devint La Signature, en se déplaçant légèrement au nord. En prime, c'était devenu du jour au lendemain un endroit à la mode, et son succès se maintenait depuis deux ans.

On y trouvait bonne chère, de la musique douce, de la bière et du whisky de premier ordre, des prix superlatifs ; il fallait même retenir sa place pour déjeuner, à moins d'être un personnage et de pouvoir avancer avec assurance le nom de Lenny Sobel.

Je donnai un gros pourboire au chauffeur, pour me porter bonheur, je pris Irish Helen par le bras et me dirigeai vers la porte.

« Tu sais où tu vas, n'est-ce pas ? fit-elle.

— Bien sûr. Chez ton mec. Peut-être que tu vas lui raconter des histoires et qu'il en voudra à ma peau.

— Finaud ! Tu es un vrai malin, Deep.

— On me l'a déjà dit.

— Oui. (Son regard était froid.) Tu devrais être terrifié, mon gars. Tu devrais trembler dans tes godasses. »

La main sur la poignée décorée de la porte, je m'immobilisai : « Tu m'as déjà vu avoir la frousse, poupée ?

— Peut-être pas dans le temps.

— Et maintenant non plus.

— Mettons que tu sois un grand bonhomme, fit-elle sèchement.

— C'est ce que tout le monde me demande depuis quelque temps. J'ai déjà répondu, aussi je te le répète à toi aussi : ouais, je suis un grand bonhomme. On n'a encore jamais vu quelqu'un d'aussi important que moi. »

Elle plissa le front : « Qui t'a dit que la maison appartenait à Lenny ?

— Je suis un grand bonhomme, tu sais bien », fis-je en souriant.

J'ouvris la porte et la fis entrer.

Le maître d'hôtel était un Slave impeccable,

importé de Paris en 49 par le Galveston, et acheté au prix fort par La Signature. Il s'appelait Stashu et portait à son revers deux rubans pour ses activités dans le maquis pendant la guerre. Un signe de tête de sa part faisait de vous un aristocrate.

Je tendis mon chapeau et mon imper à la môme du vestiaire et me retournai vers Irish Helen. Grande, calme, elle sentait tous les regards sur elle et jouait bien son rôle. Elle attendait ce qui allait se passer, prête à rire si cela n'arrivait pas. Je m'approchai de la cordelière de velours devant laquelle se tenait Stashu, qui parlait à voix basse à un garçon. Il leva les yeux, sourit et salua, abaissa la cordelière, nous conduisit à une table d'où il ôta discrètement le carton qui indiquait « Réservé », avec le nom de quelqu'un d'autre.

Il prit lui-même la commande, sourit et s'éloigna. Helen leva la tête, une ombre sur le visage : « C'est trop facile, Deep.

— Naturellement.

— Tu n'as encore jamais mis les pieds ici. »

Je me contentai d'attendre.

« Comment t'y prends-tu ? » me demanda-t-elle.

Je souris. L'ombre s'effaça de ses traits. Je vis qu'elle ne savait plus que penser. « Il va prévenir Lenny, fit-elle.

— Il fera bien. »

On nous servit les apéritifs, juste à temps pour que le déjeuner soit parfait. Deux fois, Stashu s'arrêta pour nous demander si tout allait bien, dans son anglais accentué. À deux heures et demie, la musique changea de ton, la salle se vida partiellement et Lenny Sobel fit son apparition.

Il avait engraissé. Toujours l'air un peu huileux, mais capable de porter des costumes à cinq cents dollars et une bague à dix mille avec une certaine assurance.

Lenny Sobel n'avait jamais marché vite. Peut-être ne le pouvait-il pas. Peut-être ne le voulait-il pas. Il ne marchait ni ne traînait. Il avait une cadence à lui, ce qui ne facilitait pas les choses pour les deux mecs qui le suivaient. Ils devaient ou s'arrêter un instant, puis le rattraper, ou faire des excursions dans le décor pour se tenir à sa hauteur.

Il arriva à la table, sourit à Helen, puis à moi.

« Salut, cochon », dis-je. (Sur un geste de sa main, j'étais liquidé sur place par les deux mecs plantés derrière moi.)

Mais je savais que le gros porc les en empêcherait, et mon sourire prouvait que je le savais. « Fais-les venir devant moi, Lenny », dis-je.

Il n'avait pas perdu le sourire. Un sourire amical, qui plissait la graisse sous ses yeux et lui donnait l'air plein d'humour. Il fit venir les gars devant moi, où ils restèrent docilement, en attente. Que Lenny leur dise de tuer… ils tueraient. Pour le moment, il disait de ne pas bouger. On ne bougeait donc pas.

L'un d'eux avait l'air d'un cow-boy de télévision, les hanches étroites, les épaules trop larges dans son veston où le tailleur avait ménagé une ample place pour l'artillerie. L'autre était aussi ordinaire que possible. Je leur adressai un signe de tête, tour à tour, et dis : « Harold… Al. Content de vous voir. »

Al, le type ordinaire, fut le seul à tiquer. « Ton partenaire a obtenu ses diplômes à San Quentin et à Dannemora, Al. Moche, comme copain ! »

Lenny Sobel me toucha l'épaule. « Tu connais mes associés ?

— Naturellement. Des mecs au poil. Mais c'est Al le plus astucieux et tu ferais bien d'avoir l'œil sur lui. Encore jamais condamné et vachement ambitieux. »

Le voyou me regardait fixement, le visage impassible à présent.

« C'est vrai, Al ? demanda Sobel.

— Je suis à votre service, monsieur Sobel. Vous savez ce dont je suis capable. »

Le sourire de Lenny s'épanouit. « Tu connais cet homme, Al ?

— Pas encore, monsieur Sobel. Je crois que j'aimerais avoir votre permission de me présenter moi-même. »

Lenny se mit à rire : « Alors, Deep ?

— Vas-y, dis-je. Pour qu'on rigole un peu, lâche la bonde, ça me donnera l'occasion de vous descendre tous les trois. D'abord toi, Lenny, et ces deux connards en succession. Ce serait marrant. Vas-y, lâche la bonde ! »

Helen intervint, la voix rauque : « *Non*... Deep ! »

Les deux malfrats avancèrent d'un pas.

« Explique-leur à ma place, Lenny », fis-je.

Ils le regardèrent et virent son sourire de porc s'effacer.

« Laissez tomber », dit-il.

Al sursauta : « Si vous voulez, monsieur Sobel...

— Laisse tomber, Al, répéta-t-il à voix basse. Toi et Harold, attendez-moi dehors. J'arrive. »

Il fit un signe et ils partirent. Lenny prit une chaise et s'assit. « Tu ne devrais pas te permettre trop de libertés avec ces gars-là, Deep.

— Ils sont différents des autres ?

— Oui, ils sont différents.

— Je m'en assurerai et je te communiquerai mes impressions, Lenny.

— Tu sembles déjà bien les connaître.

— J'ai pas mal roulé ma bosse. Tous les gens à connaître, je les connais. Tu piges ? »

Son sourire s'épuisait ; il regarda Helen. « Je vois que nous avons retrouvé le temps perdu. »

Les yeux d'Helen paraissaient excédés. « Lenny...

— Tout va parfaitement bien, ma chère. Avec un homme aussi impétueux que notre ami Deep, on risque toujours d'être pris dans les remous. »

C'était drôle, venant de sa part. « Tu deviens aristocrate, Lenny ? fis-je en souriant devant son regard fixe. C'est mieux que dans le bon vieux temps. Maintenant, tu as de la classe. Du vernis. Dans ce temps-là, tu n'étais qu'un voyou à la recherche de combines.

— Tu vas t'attirer des ennuis, Deep.

— Je m'y attends, Lenny.

— Tu vas les trouver. Tu ne reviens que pour ça, hein ? »

Je m'adossai nonchalamment. De n'importe quel point de la salle, on aurait pris cela pour une conversation amicale. « Je n'avais pas besoin de revenir pour trouver des ennuis, Lenny. J'en ai eu mon compte là où j'étais, et je les ai surmontés, et j'ai tout écrasé sans attraper la suée. Pas une goutte. » Je bus une gorgée. « Tu sais pourquoi je suis revenu, Lenny ?

— Raconte.

— Je prends le pouvoir.

— Tu crois ?

— C'est déjà fait. »

Il se souleva de son fauteuil, ses doigts boudinés crispés sur les bras, enfoncés dans le bois. Les tendons saillirent sous la graisse de son cou et le bout de ses dents se découvrit. *« Espèce de petit merdeux. Clochard. Sale petit rat d'égout… »*

De ma voix la plus douce, je l'interrompis : « Tu te rappelles le plomb que je t'ai injecté dans les fesses, Lenny ? » Ses yeux me dirent qu'il ne l'avait pas oublié. Parfait. « Il y avait des gens qui nous regardaient, et je m'en fichais. » Je souris de nouveau. « Il y a aussi des gens ici, et je m'en fiche éperdument. »

Il resta figé dans sa position demi-assise jusqu'au moment où je lui fis signe de se rasseoir. Il souffla, s'assit, et son calme lui revint progressivement. Il paraissait presque honteux de sa sortie.

Quand il fut décontracté, il me dit : « Ce n'est pas seulement pour déjeuner que tu es venu ici, Deep.

— Exact. C'est plutôt en visite. Je passe voir tous les gars, les caïds, les petits, tous les mecs aux doigts sales et poisseux. Je leur fais savoir ce qui les attend et ils feront bien de s'incliner. Je suis venu te prévenir que je connais parfaitement ta façon d'opérer et que si tu as dans l'idée de profiter de la voiture, tu feras bien de le demander avec ton chapeau à la main. »

Il hocha la tête d'étonnement, me dévisageant pour trouver un point faible dans mon attitude. « Tu avais tout préparé ?

— Pas spécialement. Pas avant qu'on ait tué Bennett.

— Tu me sidères, Deep.

— Je ne devrais pas ? »

Il agita le chef. « Mais si. Ici, l'Organisation est plus puissante que jamais. Elle touche à tous les aspects de la politique et du commerce, elle peut atteindre jusqu'à l'étranger si elle le veut. Elle a des millions pour acheter et vendre ce qu'elle veut, et tu prends le pouvoir, tout simplement !

— Tout simplement », acquiesçai-je.

Lenny joignit les mains sur la table et se pencha. « Dis-moi, Deep, qu'est-ce qui te fait croire que tu peux ?

— C'est que j'ai réfléchi.

— Par exemple ?

— Par exemple, qu'un couillon comme Bennett l'a déjà fait. »

Il ne put retenir un faible cri. Ses tendons apparurent de nouveau, démentant son sourire. « Ton… partenaire d'autrefois était un organisateur.

— Certainement.

— C'était un dur. Il s'est frayé son chemin à coups de pétard. Et il a eu de la veine. Il a intimidé les gens qu'il fallait au moment où il le fallait. Il avait une nature de brute et prenait plaisir à tuer, et une irresponsabilité enfantine qui faisait de lui un type impossible.

— Tu me rends confus. Voilà que tu analyses exactement la carrière de gangster à laquelle je me destine.

— Ne ris pas, Deep.

— Je ne ris pas, mon gars. Je suis seulement curieux de connaître l'autre raison du succès de Bennett. »

Son visage s'assombrit. « Quelle autre raison ?

— Celle que tu n'as pas encore mentionnée. »

Je me levai, fis signe à Stashu et lui remis un billet qui couvrait plus qu'amplement les dépenses. « Partons, Irish. Notre petit ami grassouillet va communiquer les nouvelles à tous les caïds qui ne les connaissent pas encore. »

Très lentement, je me penchai sur le visage porcin de Lenny.

« Dis-leur bien, mon pote. Je suis dans la course. Je suis en haut de l'échelle. Si je leur dis de sauter, ils doivent me demander à quelle hauteur et si je leur dis de cracher, ils me demandent en quelle quantité. Quiconque s'attaque à ma peau se fait transformer en écumoire illico, et si j'ai des doutes sur la personne, je bousille deux caïds, rien que pour l'exemple. En attendant, je cherche qui a descendu Bennett. Ce ne sera ni long ni difficile. Mais il y aura de la joie quand je l'aurai trouvé. Lui, ou elle. J'aimerais assez que ce soit toi, Lenny. Il y a longtemps que je ne t'ai pas collé un petit suppositoire au plomb, pas vrai ? »

Son col le serrait à présent et son visage se congestionnait. « Je n'aurai même pas à te toucher, Deep. Tu finiras sur la chaise. La première fois que tu effaces quelqu'un, même un clochard de Bowery, on te fait griller. Tu es marqué, Deep. Tu sens déjà le roussi.

— Tu oublies de parler comme un aristo, Lenny. On ne va tout de même pas redégringoler au ruisseau maintenant ?

— Débine, souffla-t-il.

— Tu viens, Irish ? »

Sans la regarder, Lenny dit : « Elle peut rester si elle veut.

— Non, non, fis-je. Elle n'osera pas. Je pourrais me faire déboulonner sans qu'elle soit là pour observer mon agonie, et elle ne se le pardonnerait jamais. Viens, Irish.

— Vous feriez mieux de rester », lui dit Lenny.

Elle hocha la tête, les yeux graves et froids. « Je regrette, Lenny. Il a raison. Je veux être présente à son dernier soupir. » Elle prit son sac et mit son manteau en place d'une secousse de ses splendides épaules. Puis elle s'engagea devant moi entre les rangées de tables.

Derrière nous, Lenny laissa fuser un rire vraiment amusé, un rire doux, et comme fourré.

*

La pluie avait repris et tous les taxis étaient occupés. Je saisis Helen par le bras en longeant les maisons afin de nous abriter, vers la 6ᵉ Avenue. Après l'avoir traversée, je pris au sud pour aller nous sécher chez Martin.

Il n'y avait que le barman, un homme mince, grisonnant, avec les yeux sagaces du gars de Broadway, qui nous accueillit d'un signe de tête, nous servit les deux cafés commandés et retourna au bout du bar se plonger dans la contemplation de la télé.

J'étalai ma monnaie sur le comptoir, en choisissant les pièces de dix *cents*, et je priai Helen de m'attendre. Elle me répondit d'un regard froidement écœuré, sa haine bien en évidence.

Mes trois appels me prirent trois minutes. Je revins

vider ma tasse de café. Elle me demanda : « Qu'est-ce qu'on fait maintenant, grand personnage ?

— Tu as déjà fabriqué du pain ? » fis-je.

Elle me regarda dans le miroir du bar. « Il y a longtemps.

— Tu te rappelles comment le levain travaille ? »

Ses yeux seuls étaient visibles au-dessus du bord de sa tasse. Ils paraissaient se relever aux tempes. Elle acquiesça de la tête. Elle acheva son café et en commanda un second au barman.

*

Le type qui entra avait des petits yeux de souris et une moustache molle. Sa casquette trop grande provenait d'une poubelle, son pantalon et sa veste tachés dégageaient un relent aigre de sueur et d'ordures ménagères.

« 'jour, Pedro, lui dis-je en lui désignant le tabouret voisin du mien. Je t'offre un verre ?

— Non. Je ne bois pas.

— Du fric ?

— Non. Je ne veux rien de vous. Je suis venu, voilà tout. Qu'est-ce que vous me voulez ?

— Assieds-toi.

— Je ne m'assieds pas. »

Je tendis la main, le soulevai par le bras et l'installai sur le tabouret. « Tu t'assieds », affirmai-je. La bouche d'Helen n'avait plus rien de voluptueux, elle me détestait de nouveau. Je lui souris. « Voilà le genre de types que tu aimes, Helen ? C'est bien pour protéger ces types-là que tu uses de ton influence ?

— Continue, Deep. Tu es formidable.

— Merci, mon petit. Je vais essayer. Je tiens à ce que tu aies toute ta joie quand je me ferai descendre. L'ami Pedro que voilà joue un rôle important dans le tableau. Pas vrai, Pedro ?

— J'sais pas de quoi que vous causez. (Ses poings serrés étaient ramenés contre son ventre.)

— Qu'est-ce que tu lui veux, Deep ? »

Je haussai flegmatiquement les épaules. « Rien. Simplement que Pedro va me raconter une histoire. Tu sais de laquelle je parle, Pedro ? »

Il fit un signe négatif, l'air inquiet.

« Alors, je vais te mettre sur la piste. J'ai envie que tu me racontes comment tu as trouvé Bennett, quand il a été tué. »

La tasse d'Helen s'immobilisa à mi-chemin de ses lèvres. La main de Pedro se mit à trembler si fort qu'il dut la maintenir avec l'autre. Il lança un coup d'œil vers la porte, puis, me voyant hocher la tête, il roula piteusement des yeux et parut se recroqueviller dans ses frusques.

« Je…

— Continue, Pedro.

— J'y connais rien à ce que vous dites… Je sais pas…

— C'est bon, mon gars. Fini de rire. Essayons comme cela : tâte dans ta poche gauche. »

Instinctivement, il baissa la main et vérifia le contenu de sa poche. En cet instant, il pigea et voulut s'écarter brusquement. Je lui saisis les bras et lui posai les mains sur le bar. Je le regardai trembler.

« Qu'est-ce qu'il a ? » demanda Helen.

Je souris méchamment. « Rien de particulier. Je viens seulement de mettre notre copain sur le chemin de l'ordre et de la loi. C'est un camé, alors je lui ai glissé dans la poche de quoi se percher pour quelques jours, avec les accessoires, et s'il se fait ramasser, c'est la taule, et sans gâteries. Dans cinq minutes, un flic va arriver et le petit copain se fait boucler. À moins qu'il ne parle, bien sûr. Dans ce cas, je lui abandonnerai même ce qu'il a dans la poche. »

De dégoût, Helen s'éloigna de moi. « Il y a des épithètes pour les individus de ton espèce, me dit-elle.

— Il paraît. Et maintenant, on va écouter un

discours. Il te reste à peu près quatre minutes, Pedro. À toi de jouer.

— Vous le répéterez pas ?

— Pas besoin, l'ami.

— Celui-là… Bennett. C'est pas moi qui l'ai effacé. C'était déjà fait. Vous comprenez ? »

Je fis oui de la tête.

« Il était déjà complètement mort. Vous le savez ? Je l'ai pas tué. Il avait un grand trou ici… (Il se tapota la naissance du cou.) Je lui ai pris sa tocante. Pas fameuse. On m'en a donné un dollar. Je lui ai pris son portefeuille. Vingt dollars. Dix dans la poche. C'est tout ce que j'ai récolté. J'ai fourgué la tocante. Et c'est tout. Je me suis tiré. Je croyais que personne m'avait vu.

— Où est le portefeuille ?

— Je l'ai balancé quelque part.

— Où, par exemple ?

— Je crois que je m'en rappelle.

— Va le chercher, Pedro. Trouve-le, amène-le là où tu habites, et garde-le jusqu'à ce que je passe. Compris ? »

Sa tête dodelina de nouveau. « *Si.* Compris… Vous savez… » Il hésita.

« Je sais où tu habites. »

Il allait ajouter quelque chose, mais il se reprit et

se laissa glisser du tabouret. Il disparut sans bruit. Comme une ombre. Quand la porte se fut refermée, Helen plongea le nez dans sa tasse. Elle avait l'air intrigué. « On a trouvé Bennett mort chez lui, dit-elle.

— Mais ce n'était pas la première fois qu'on le trouvait mort.

— Comment l'as-tu su ? »

Pedro avait été sur le point de me poser la même question.

« Il n'y a qu'une personne au monde qui pouvait s'approcher suffisamment près de Bennett pour le flinguer dans sa propre maison, dis-je.

— Qui cela ?

— Moi, chérie. Il a toujours eu une frayeur pathologique de relâcher sa vigilance et de se faire répandre sur son tapis de Perse. C'était une de ses faiblesses.

— Tu as été vraiment astucieux, Deep. (Elle se passa le bout de la langue sur la lèvre inférieure.) Tu avais un tuyau ?

— Non… seulement sa réputation. La montre était gravée, et il l'a vendue à un « Scorp » qui a compris ce que ça signifiait. »

Elle me coupa d'un geste : « Comment ?

— J'ai barboté cette tocante dans un grand

magasin en 32 et j'ai fait graver derrière : *À Ben de Deep.* C'était de la camelote, mais il s'y était attaché. Les « Scorpions », c'est un club de petits voyous de l'autre côté d'Amsterdam Avenue, mais ils ont compris de quoi il retournait. Les gosses sont au courant de tout. Les camés ont la triste habitude de bavarder quand ils sont perchés, et Pedro a lâché le morceau. Comme je te l'ai dit, j'ai été informé en vitesse.

— Comment en as-tu entendu parler ? »

Je fermai les yeux à demi. « Des liens solides, dis-je. Même les petits merdeux ont leurs héros. Bennett en était un. Moi, j'étais l'inconnu, mais toujours dans la course.

— Et jamais la police, fit-elle sarcastiquement. Elle n'est pas au courant. »

Je la regardai d'un air écœuré. « Tu oublies où tu as grandi, môme. Tu n'as pas été élevée en serre. Le quartier était le tien tout comme le mien. Et tu as plongé les doigts dans bien des poches pour te faire un peu de menue monnaie. Ne me force pas à te réciter les lieux et les circonstances. Ces gamins ne donneraient même pas l'heure exacte aux flics, tu le sais bien. Ils iront trouver leurs héros particuliers, peut-être, mais sûrement pas les poulets.

— Et qui était ton héros ?

— Dillinger.

— Pas étonnant », fit-elle sérieusement.

Le barman s'approcha et vida la cafetière dans nos tasses. Il prit ce qu'il lui fallait de monnaie dans mon petit tas et repartit à l'autre bout, avec ses petits yeux qui en savaient trop.

Dix minutes après, le grand mec arriva. Il y avait de la raideur dans sa démarche et dans sa façon de tenir ses mains. Pour les occuper, il ouvrit son manteau et les fourra dans les poches de son froc. L'acier des menottes brilla momentanément à sa ceinture, indiquant clairement ce qu'il était, si on ne l'avait pas déjà deviné à sa bobine. Il ne regarda pas Helen quand il lui dit : « Vous, la petite dame, filez. »

Sans un mot, elle se leva et longea le bar jusqu'aux toilettes.

« Vous avez le truc ? » demandai-je.

Il prit deux feuillets pliés dans la poche de sa veste, me les tendit, et claqua impatiemment des doigts.

« Minute, petite tête. T'impatiente pas. »

Je dépliai les feuillets, pris tout mon temps pour les parcourir, réfléchissant sur chaque mot ; puis je tirai un billet de cent dollars de ma poche et le lui tendis, plié dans le sens de la longueur. Ses doigts l'escamotèrent, mais pas assez vite pour qu'Helen ne voie pas la tractation avant de se rasseoir.

Elle retint sa respiration jusqu'à ce qu'il fût sorti, puis elle la laissa fuser et ses yeux me dépecèrent de nouveau. « Graissage de patte », fit-elle, avec toute sa haine pour cette pourriture.

Ma voix prit un accent dur également. « Bien sûr, ma chatte, mais c'est ainsi que ça se passe. Tu veux savoir quelque chose, tu l'achètes, ou tu uses de ta force. Je suis capable de faire un peu des deux, mais d'une façon ou de l'autre, j'apprends ce que je veux savoir.

— Toujours ?

— Toujours, Irish. Et tâche de ne pas l'oublier.

— Qu'est-ce que c'était, cette fois ?

— Très peu de choses. Seulement le rapport officiel de la police sur la mort de Bennett. »

Je me laissai glisser du tabouret et bouclai ma ceinture. Le barman adressa une œillade à la monnaie restée sur le comptoir, me remercia de la tête, et je pris Helen par le bras pour l'emmener à l'extérieur.

Pendant que nous attendions un taxi, je sentis qu'elle m'examinait, cherchant ses mots. « Deep… d'où viens-tu ? fit-elle.

— Pourquoi ?

— Parce que tu fais partie de toute cette pourriture et que tu es corrompu jusqu'à l'os. Tu connais toutes les ficelles, toutes les réponses. Tu connais trop bien la saleté et la méchanceté. Tu marches dans la rue et tous ceux qui te voient savent que tu n'es pas comme les autres. Tu es grand, mauvais, dégueulasse, et on lit la mort sur ta figure. Je me demande ce que tu es et d'où tu sors.

— Ah oui ? »

Elle ricana. « J'ai aussi entendu parler du testament de Bennett. Il fallait que tu sois là dans les deux semaines. Sa mort a été un événement national, donc tu as été immédiatement au courant. Et pourtant tu as mis quatre jours à rappliquer. Où est-ce, quatre jours de distance, Deep ? »

Au lieu de lui répondre, je fis signe à un taxi. En refermant la portière, je lui dis de passer chez Tally et d'y rester jusqu'à ce que je lui téléphone. Juste comme le taxi démarrait, je vis ses yeux s'écarquiller follement et j'inclinai la tête de son côté si bien que j'encaissai sur l'épaule le coup de matraque qui m'aurait fendu le crâne.

J'avais le bras droit complètement paralysé. Mais cela ne me gênait pas. Il avait levé sa matraque pour frapper une seconde fois quand je l'étendis d'un coup de savate.

Au bout de la rue, le visage d'Helen dessinait un ovale pâle dans la lunette arrière du taxi. Je lui adressai un geste d'adieu, écrasai du talon la main droite d'Al de façon à lui briser les doigts, puis je tournai à l'angle de la rue et montai dans un taxi arrêté au feu rouge.

Derrière moi, une femme poussa un cri perçant et se mit à appeler les flics.

VI

L'immeuble où Bennett était mort m'appartenait. Provisoirement. Ce n'était certes pas le plus luxueux de ceux qu'il avait possédés, mais il était resté sentimentalement attaché à la *Rue*, et il avait éprouvé une joie particulière à remodeler ce taudis et à lui donner intérieurement tout le chic de Park Avenue.

En attendant Augie, j'inspectai le quartier qui nous avait donné le jour, à Bennett, à moi et aux autres, en me demandant comment il se faisait qu'il ne parût jamais se modifier. Les odeurs et les bruits étaient les mêmes.

Augie n'interrompit pas mes réflexions. Il attendit patiemment. Lorsque je me tournai vers lui, il me tendit un trousseau de clefs.

« M. Batten a fait quelques difficultés pour me les remettre, monsieur Deep.

— Tu lui as parlé ?

— Je lui ai parlé, dit-il en esquissant un sourire. Je crains que votre venue ne l'ait bouleversé.

— Et il y a pire à venir, mon gars Augie. »

Je traversai la rue en direction de l'appartement, conscient du fait que nous ne passions pas totalement inaperçus. Ici, pour des centaines d'yeux, c'était un théâtre de macadam, éclairé de jour et de nuit, où se déroulait un drame réel et sans fin, dans un décor d'une réalité crue.

Devant le perron, Augie me dit : « Il y avait une surveillance de police jusqu'à hier. Deux agents, un en haut, un ici.

— La routine », fis-je, et il acquiesça.

Nous montâmes les quelques marches de pierre usée, j'ouvris la porte et fis de la lumière. Je savais à quoi m'attendre, mais ce fut quand même une surprise. Il ne subsistait rien de la saleté du taudis. L'architecture même de la pauvreté était transformée, et l'on avait l'impression d'être transplanté dans une belle demeure, avec le parc ou la rivière derrière les croisées. Les murs et plafonds étaient d'un blanc éclatant, rehaussé d'or, et des toiles modernes originales encadrées de noisetier jetaient des notes de couleur.

L'escalier avait disparu, remplacé par un petit

ascenseur. Augie me montra le chemin, m'ouvrant la porte de la pièce du devant, au rez-de-chaussée. Ici encore la main du décorateur se faisait sentir. La pièce était frappante et confortable, mais pas aussi magnifique que si Bennett eût dû s'en servir souvent. De toute évidence, c'était un endroit où rencontrer certaines personnes, leur parler et les renvoyer sans les avoir admises à l'intimité des appartements personnels. Bennett avait fait du chemin. Un bon bout de chemin.

« Quel est le plan d'ensemble, Augie ? » demandai-je.

Il balaya la pièce d'un geste. « Ici, ce n'est rien. Trois pièces qui servaient surtout pour les affaires. Il y conservait plus ou moins en permanence un barman et une bonne. M. Batten les a congédiés… après l'événement. »

Avant que j'aie ouvert la bouche, Augie me répondit :

« Ils ne sauraient rien vous dire. Le frère et la sœur. Sourds et muets de naissance. C'était une des précautions de M. Bennett.

— Astucieux. Je n'aurais pas cru ça de lui.

— Un tas de gens ont commis la même erreur, c'est pourquoi ils ont perdu la partie à l'avantage de M. Bennett.

— Vraiment ? (Je pivotai et lui adressai un sourire qui tenait du ricanement.) Comment se fait-il que tu ne te sois pas attaché à Ben, Augie ? »

Il ne se troubla pas le moins du monde. « Pendant que M. Bennett faisait son chemin, ç'aurait été une bonne affaire. Mais une fois au sommet, il a eu du mal à s'y maintenir.

— Il y a réussi pas mal de temps.

— Comme je le disais... seulement par son astuce.

— Et quel avantage présentait Batten ?

— M. Batten est rusé. Il avait un léger avantage vers la fin.

— Il y a des durs dans le coin qui pourraient posséder le vieux Wilse sans difficulté.

— Peut-être, mais ils mourront trop vite. Compte tenu des chances, et en y incluant les possibilités de survie, M. Batten était de loin la meilleure occasion pour moi.

— Tu veux dire jusqu'à mon arrivée ?

— Précisément.

— Maintenant, dis-moi ce que tu penses réellement, Augie. »

Il comprit et sourit, les mains derrière le dos, en se balançant sur la pointe des pieds. « Vous posséderez les durs, Deep », et cette fois, il ne me dit pas monsieur, « vous évincerez les malins, et vous ferez exactement ce que vous aviez projeté avec Ben il y a vingt-cinq ans. Vous aurez tout en main pendant un certain temps, puis cela vous échappera. Si vous ne cherchiez que son trône, vous pourriez réussir, mais votre but essentiel est de dénicher son assassin. Vous le trouverez, Deep, mais vous en mourrez. Si l'État ne vous supprime pas, ce sera une balle.

— Tu crois que tu pourrais m'abattre, Augie ?

— Je n'aurai pas ce mal, dit-il en souriant largement.

— Et une fois que je serai effacé ?

— Alors, je prends la suite. Après vous, il ne restera personne pour s'y opposer. Je serai le dernier à connaître tous les rouages de l'entreprise, à ce moment. »

C'était si froidement raisonné qu'on n'aurait jamais cru que ce type était parti d'une misère noire pour en arriver là.

« Et si je me maintiens une fois en haut, Augie ? »

Son sourire s'accentua encore. « Cela me va également très bien. Je ne peux pas perdre. Je serai tout près du sommet, mais c'est vous qui resterez la cible.

— Tu as pensé à tout.

— C'est vrai. J'ai tout calculé.

— En attendant, tu es mon homme, alors montre-moi le reste de la cabane. »

Au premier palier, nous traversâmes une salle de billard, un bar bien monté et une bibliothèque. La police ne s'était pas donné le mal de dissimuler les traces de son passage. Elle n'avait rien négligé, et ce qu'elle cherchait ne se trouvait pas là et n'avait jamais dû y être. On avait même déplacé le billard pour fouiller le plancher au-dessous.

Bennett avait vécu au second étage. Il était mort, mais sa personnalité y était encore en évidence. Les décorateurs avaient sans doute eu une autre idée, mais Bennett ne s'en était pas accommodé. Il y restait une touche de vulgarité. C'était Bennett qui avait dû choisir les meubles trop rembourrés recouverts d'un ton bordeaux sans distinction. Les deux lampes en imitation ébène avaient pour piédestal des motifs érotiques et pratiquement chacun des meubles était orné d'une photo de nu, avec signature autographe, convenablement encadrée. Le bar montrait trop d'acajou et de chrome. Le meuble télé-radio, trop grand, était brûlé aux angles par d'innombrables cigarettes oubliées.

J'étudiai la pièce sous tous les angles, pris d'un

étrange sentiment de familiarité. Je haussai les épaules et m'approchai du bureau.

Au pied, un tracé à la craie dessinait sur le plancher une silhouette humaine. Je déclarai sans raison : « C'est ici que la police l'a trouvé. »

Augie devina quelque chose. « C'est ici qu'il est mort.

— Pas ici. On l'y a seulement trouvé. »

Il fronça les sourcils, puis ses yeux se portèrent sur les taches brun foncé qui marquaient le tapis, sur le gâchis près de la porte, sur l'empreinte de main sanglante au mur.

Je tirai de ma poche la copie du rapport de la police, le lus soigneusement et le tendis à Augie. « Ils pensent qu'il s'est fait descendre ici. Il s'est débattu dans son agonie et a tout sali. Ils sont d'avis que le coupable était un invité. »

Il ne leva pas les yeux du papier. « Personne n'aurait pu l'approcher d'aussi près. En outre, quand il recevait, ce n'était jamais ici.

— Tu es déjà venu ici, Augie. La pièce ne t'est pas inconnue.

— Deux fois. M. Bennett étant malade, il a eu besoin de certains travaux juridiques. J'étais l'agent de liaison entre lui et M. Batten. Il avait tout le temps un pistolet à portée de la main. »

Il termina la lecture du rapport et me le rendit.

« Bennett est mort dans un passage au bout de la rue », dis-je.

Je lui donnai les détails, sans toutefois lui dire qui était Pedro, et je l'observai tandis qu'il y réfléchissait.

Il n'y comprenait rien, lui non plus.

« Augie… pourquoi l'a-t-on tué ? demandai-je.

— On… »

Je le coupai : « Je ne te demande pas qui, Augie. Mais pourquoi. Pourquoi Bennett est-il mort ?

— Il était pas mal important, monsieur Deep.

— Je sais.

— L'homme important constitue toujours une cible.

— Pourquoi, Augie ?

— Je ne peux faire qu'une hypothèse.

— Vas-y. »

Il joignit les mains. « On raconte que le Syndicat, l'Organisation grandit.

— Bennett en faisait partie.

— M. Bennett était effrayé. L'Organisation paraît trouver… impossible de traiter avec ceux qui ont peur.

— Tu tâtonnes, mon gars, mais tu n'y es pas. »

Il se remit à se balancer en regardant vaguement la pièce.

« Si je vous donnais une illustration de mon opinion… M. Bennett était un homme qui, au lieu de guider l'attelage d'une main légère, préférait le tirer brusquement dans la direction où il voulait aller. (Il me contempla un instant.) Ce n'est qu'une opinion, évidemment.

— Évidemment. Mais il y a une chose qui ne cadre pas, et tu le sais aussi bien que moi. Ce n'est pas un meurtre de l'Organisation. Elle ne change jamais de méthode. Un gars du dehors, qui ne voit jamais qui le paie, un gros calibre, et adieu. Ils ne vont pas s'amuser à canarder un mec avec un calibre 22 et ils ne cherchent pas à toucher quelqu'un au cou à deux pieds de distance. Tu sais combien il y a de meurtres professionnels qui n'ont pas encore été résolus dans le patelin ?

— J'en connais quelques-uns.

— Ceci n'en est pas un.

— Peut-être, dit-il calmement.

— Ce serait truqué ? Une fausse piste ? (Je hochai la tête.) Pas moyen, l'ami.

— Il y a longtemps qu'on en parlait. »

Il se remettait à tâtonner. Je déclarai : « Ils deviennent peut-être plus astucieux. Cela me dégoûte de le leur reconnaître, mais cela pourrait arriver. Un beau boulot bien cochonné avec quelques trucages risquerait de poliment embrouiller la piste pour les flics. Le seul détail qui accroche, c'est que les flics ne savent pas que Bennett n'est pas mort ici.

— Ils peuvent s'en apercevoir avec le temps.

— Mais qui est assez intelligent pour ça, Augie ? Qui tenait tellement à ce que Bennett meure ? »

Augie se remit à sourire, les yeux brillants. « Mais, monsieur Deep, tout le monde souhaitait la mort de M. Bennett.

— Assez pour payer un tueur et risquer de laisser un défaut dans l'armure ?

— Je le pense.

— Ou est-ce que quelqu'un le haïssait tellement ?

— Possible également. On n'aime jamais celui qui serre la vis. »

J'acquiesçai et refis le tour de la pièce. J'entrai jeter un coup d'œil dans la chambre, puis dans la salle de bains, et je retournai dans la cuisine. On avait tout fouillé. Consciencieusement. C'était la police, la première fois, mais quelqu'un d'autre l'avait fait aussi depuis. J'appelai Augie pour lui montrer les égratignures du plancher, faites en déplaçant le réfrigérateur et en le remettant en place.

« Qu'en penses-tu, Augie ?

— Ce ne sont pas les flics qui ont fait ça.

— Non… ils n'iraient pas jusque-là.

— Qu'est-ce qui pourrait tenir derrière un réfrigérateur ou dessous ? »

C'était simple. Augie haussa les épaules et plissa le front.

« Un kilo ou deux d'héroïne feraient l'affaire, mais M. Bennett n'en aurait jamais gardé chez lui.

— Il faisait le trafic, non ?

— Mais seulement au deuxième échelon, à ce que je sais. Il faisait des affaires avec ceux qui étaient dans le trafic.

— Il reste deux possibilités : des pierres ou de l'argent. »

Ses rides se creusèrent et il hocha la tête.

« Pas de pierres. Il ne s'est jamais mouillé sur ce marché. Et pas de fraîche non plus. Nous gérions tous les comptes de M. Bennett et il déclarait tout, pour échapper aux gars du Trésor. Il y avait une enquête sur lui tous les ans, mais il était absolument pur. Non, ce n'est pas de l'argent. Il n'a jamais fait d'affaires au comptant. Dans certaines limites, il était innocent.

— Alors il y a quelque chose qui m'échappe.

— De toute évidence, fit-il en me regardant dans les yeux.

— Pas d'insolence, Augie. J'y arriverai. »

Nous retournâmes dans le living-room où nous

restâmes debout. Finalement, je lui demandai : « Pourquoi ce lieu m'est-il si familier, Augie ? Il y a ici quelque chose que je n'arrive pas à piger.

— Vous ne trouvez pas ? Vous ne vous rappelez pas ?

— J'essaie. »

Et cela me revint. Le rembourrage, le ton bordeaux, tous ces objets incongrus.

« C'est comme la cave du club, autrefois, n'est-ce pas ? Il n'y a qu'à imaginer tout cela en vieux et usé, répandre un peu de saleté, et à se servir de bougies au lieu d'électricité, et l'on se retrouve dans l'ancien local des K.O.

— Tout juste.

— Un grand ballot sentimental, marmonnai-je.

— Non... simplement, manque de classe. »

Il n'y avait pas à douter de la sincérité de sa voix. Augie avait fait du chemin et il savait où il voulait aller, mais maintenant, son opinion reflétait son attitude. Il était grand et costaud, mais il n'était pas endurci aux tueries, et ce petit détail le maintenait à un pas derrière le chef. Jusqu'à présent.

« Je vais rester ici, Augie. Veille que tout soit en ordre. Tu sais, le téléphone, les provisions. Et fais venir quelqu'un pour le nettoyage.

— C'est déjà fait, monsieur Deep. »

Avant que je puisse lui répondre, le téléphone sonna. Je pris le combiné. « Allô ? »

À l'autre bout, la voix incisive de Cat me dit, hors d'haleine : « Deep ? Bon. Écoute, je viens de repérer deux types que j'ai connus à Philadelphie. Lew James et Morrie Reeves. Ils sont en location, et pas miteux. Ils sont descendus au Westhampton, sous les noms de Charles et George Wagner. Quand ils ont été dans leur piaule, j'ai refilé un billet à la pépée du standard pour qu'elle me laisse écouter leurs conversations. Leur seul appel a été pour une cabine téléphonique et le mec à l'autre bout a parlé de toi. Il a dit que t'étais chez Bennett.

— Comment peux-tu savoir que c'était une cabine publique ?

— Merde ! Ça faisait assez de chahut. Comme une cabine dans le métro.

— As-tu reconnu la voix ?

— Seigneur, Deep ! Pas possible. Écoute, tu ferais bien de te tirer. Ces deux malfrats en veulent à ta peau. Ils ont mauvaise réputation, tu sais ?

— Moi aussi, Cat. »

Il se tut quelques instants. « Tu veux que je leur colle au train ? Si tu veux, je peux combiner quelque chose qui les fera décamper comme s'ils avaient le feu au cul.

— Laisse faire. Ils ne seront pas trop pressés. Ils vont d'abord s'installer confortablement.

— Bon, qu'est-ce que je fais ? Mon vieux, on est occupé à organiser tes funérailles !

— Alors, viens prendre un verre. On en reparlera. »

Il raccrocha. Je dis à Augie d'aller recruter deux anciens de la bande pour veiller sur la maison, et de rentrer chez lui.

Il se servit du téléphone, puis prit son chapeau et me dit au revoir. Par la fenêtre je le regardai monter en voiture. Je mis la télé en marche et m'assis par terre pour attendre Cat.

Vingt minutes plus tard, le carillon retentit. Je poussai sur le bouton d'ouverture de la porte d'en bas et j'écoutai le ronronnement de l'ascenseur.

On frappa sèchement au battant et je criai d'entrer, puis je me retournai. Mais ce n'était pas Cat. C'était le conseiller Hugh Peddle, avec deux voyous bien habillés qui avaient le titre de « secrétaires ».

Au lieu de me lever, je leur désignai du geste les fauteuils et leur dis : « Asseyez-vous, les gars. Excusez ma tenue. Je n'attendais pas de visites. »

Les yeux de Hugh se moquèrent de moi : « Ce ne sera qu'une courte visite, Deep.

— Oh ? (Un sourire mauvais me tordait la bouche.) Comment m'avez-vous déniché ?

— Vous avez laissé une piste bien visible, Deep. Vous faisiez exprès pour qu'on vous retrouve. Mais ne vous imaginez pas que vous êtes si malin.

— C'est pour me dire cela que vous êtes venu, hein ?

— Pas précisément.

— Alors ?

— Combien voulez-vous pour quitter la ville ? »

Je reculai lentement de façon à m'adosser au divan. « Je ramasse un million rien qu'en restant dans le coin, mon pote.

— Seulement si vous remplissez les conditions du testament.

— Vous voulez que je bazarde tout immédiatement ?

— Pas du tout. Laissez le machin à Batten tout ce qu'il y a. Rien que de le garder et de le gérer, c'est une vraie migraine. Vous recevez une somme globale en espèces et vous partez. Ce sera une somme très considérable.

— Que je parte où ?

— Où vous étiez avant. Où vous voudrez. Mais partez.

— Qui a donc tant de fric ?

— Peu importe. Le fric est là, et sans conditions. Il peut être déposé à votre compte, vous être versé en espèces… comme vous choisirez. Et pas de représailles. C'est de l'argent qui vous restera.

— C'est une affaire bien sympathique, Hugh.

— Alors ?

— Je me plais bien ici. »

Le plus petit des deux voyous sourit gentiment, comme s'il avait pitié de moi. Ses lèvres ne remuèrent pas quand il parla : « Si vous voulez, monsieur Peddle, on peut ébouriffer légèrement l'oiseau. Pas difficile de lui faire entendre raison.

— Expliquez-lui, cher Hughie », dis-je.

Le conseiller devint écarlate et je vis ses lourdes épaules se contracter. Il fit un geste d'impatience de la main et reprit :

« Alors, pourquoi pas une vente pure et simple ? Le prix sera supérieur à tout ce que vous pourriez gagner en une vie, et vous pourrez garder en plus toute la quincaillerie de Bennett. »

Je pris mon temps pour qu'il ne se rende pas compte que je cherchais à me renseigner. « Qu'ai-je donc qui puisse se vendre, Hughie ? »

Il se contint. Son visage était furieux, mais ses yeux apeurés, et avant que sa colère folle l'ait décidé à donner des ordres, je me tournai vers les deux fiers-à-bras et leur déclarai : « Que l'un de vous deux bouge seulement, et je vous colle à chacun une valda entre les cornes. »

Un tic agita la lèvre du plus grand, comme s'il eût retenu une envie de rire. « Tu n'es pas assez rapide », dit-il. Il surveillait mes pouces accrochés à ma ceinture. Il se demandait combien de temps il me faudrait pour porter la main en travers de la poitrine jusqu'à un étui sous l'aisselle.

« Tu as un moyen de t'en assurer », lui dis-je.

Le visage de Hugh perdit sa couleur. « Arrête, Moe, dit-il, il porte son flingue à la ceinture. »

Le malfrat eut le souffle coupé en pensant à l'erreur qu'il avait failli commettre, mais il reprit son visage impassible. Alors, le petit gloussa. « Du plancher, tu ne toucherais que lui, mon pote. Qu'est-ce que tu crois que je fabriquerais pendant ce temps-là ? »

Derrière lui, Cat prononça doucement : « Tu serais en train de crever, connard. » Quand le gars se retourna, ce fut pour regarder droit dans les deux canons d'un fusil de chasse. Son visage prit la couleur d'un comprimé d'aspirine. Hugh Peddle les toucha tous les deux au bras, pivota et sortit. L'ascenseur gémit de nouveau et je les regardai monter en bagnole, dans la rue.

Quand Cat eut rabattu les percuteurs du fusil et

l'eut posé dans un coin, je lui demandai : « Qui t'a prévenu ?

— Le veilleur, de l'autre côté de la rue.

— Comment as-tu fait ? Tu es arrivé en volant ? »

Il éclata de rire comme un enfant. « Tu oublies le vieux Cat, Deep ? Par l'escalier d'incendie et par la fenêtre, parbleu ! Comme le brouillard. Tu te rappelles la poésie ?

— Sur le brouillard qui vient à pas de chat ?

— Ouais. Eh bien, c'est moi. Et tu ferais bien d'en faire autant si tu tiens à rester en vie.

— Les mecs d'importation ?

— Tout juste. Je me suis renseigné sur l'objectif. Et c'est bien toi. Cinq mille dollars chacun, de la main à la main.

— Je reviens cher.

— Tu ne sais pas à quel point. Ils ont touché en plus cinq sacs à se partager, d'une autre source, pour retarder leur coup de quelques jours.

— C'est idiot, fis-je.

— Ouais. (Il tendit le cou pour me voir en face.) Ça ne te trouble pas, Deep ?

— Non. (Je montrai le divan.) Roupillons un moment.

— D'accord, Deep. Je peux boire un coup avant ?

— Sers-toi. »

Il alla ouvrir une armoire d'où il tira une bouteille. Une seule gorgée le fit tousser au point qu'il faillit tomber. Il se redressa en s'essuyant les yeux.

« Tu connais bien la maison, Cat ? fis-je.

— Je veux ! Ben m'employait comme courrier. Il ne se servait jamais du téléphone pour passer ses ordres. Pourquoi ?

— Rien de spécial. Couchons-nous. »

Il s'allongea sur le divan. Je me dirigeai vers la chambre. J'étais sur le seuil quand Cat me demanda : « Une supposition que les deux mecs aient sorti leurs pétards et que j'aie pas été là, Deep ?

— Je leur en aurais collé une à chacun entre les cornes, vieux.

— Tu crois !

— Ils n'auraient pas été les premiers à se faire descendre par moi », dis-je doucement.

VII

À sept heures et quart, Cat m'éveilla en me secouant. Il alluma une cigarette, inspira une bouffée et passa deux minutes à tousser à en expectorer ses poumons. Il essaya une seconde fois, mais sans succès. Alors il écrasa son mégot.

« Tu en as pour longtemps, Cat ? » demandai-je.

Il haussa ses épaules maigres. « Il y a longtemps que je suis mort, Deep.

— Arrête donc.

— Sans blague. Je devrais être mort depuis deux mois. Maintenant, c'est du rabiot.

— Pas de guérison possible ?

— Peut-être encore l'année dernière, mais à quoi bon ? Qu'est-ce que ça change ? (Il toussa dans son mouchoir.) C'est un monde qui ne vaut ni qu'on vive ni qu'on meure pour lui. Tout le monde court après le fric et s'entretue comme le diable. Les veinards crèvent de bonne heure. Les autres suent sang et eau jusqu'à ce que ce soit leur tour. Moi… je suis peut-être parmi les veinards. »

Je m'assis sur le lit et m'étirai à m'en faire craquer les jointures. Je me levai et dis à Cat : « Bon, sois fataliste. Crève. »

Il rit et cela déclencha sa toux. Il roula son mouchoir en boule et sortit de la pièce. J'entendis la chasse d'eau ; il reparut.

« Tu sais, Deep… la seule chose qui m'embête, c'est que je recommençais à m'amuser. Comme dans le temps, tu te rappelles ?

— Tu trouvais vraiment ça drôle, Cat ?

— Je ne sais pas. Je n'ai rien connu d'autre. Il m'arrive de me poser la question. Le vieux qui me tannait la peau, jamais assez à bouffer, rarement une semaine sans risquer de se faire démolir le citron. Mais on avait nos joies quand même.

— Ouais. Je sais. On était tous des petits merdeux. C'est *maintenant* qu'on va s'amuser. Pour rattraper le temps perdu. »

*

Augie s'était procuré des détails sur l'Organisation. Elle s'étendait sur la ville comme une main géante, avec un doigt sur Jersey et les districts avoisinants.

Je passai une heure à parcourir les papiers et à prendre des notes. Je remis le tout dans l'enveloppe et la tendis à Augie.

« Tu n'as pas eu de difficultés ?

— Non. Personne ne m'a ennuyé.

— Bon. Où sont les détails des opérations ?

— M. Batten les détient en lieu sûr. On les aura quand on en aura besoin.

— Ou quand on les voudra.

— Ou quand on les voudra, répéta-t-il.

— L'idée ne doit pas fort plaire à Wilse.

— Il n'a pas grand choix, hein, Deep ?

— Pas le moindre. Tu crois qu'il me cache quelque chose ?

— Il ne peut pas se le permettre. M. Batten n'est pas exactement du genre… violent. Il ne veut pas d'ennuis. Je crois qu'il préfère voir ce que vous allez fabriquer.

— Il se rappelle quelque chose que tu oublies, Augie. (Il me regarda, l'air intrigué.) Toute la quincaillerie de Bennett me revient légalement. À moi ou à lui. Mais un empire de loteries, de paris, de bordels et la protection qui va avec on n'en hérite pas. On met la main dessus. C'est à disposer, et le plus fort s'en empare. C'est *moi* qui l'ai pour le moment.

— C'est vrai, Deep. Tout ce que vous avez à faire, c'est de le garder. »

Je lui adressai un mauvais sourire : « Ce ne sera pas difficile. »

À midi, le *delicatessen* de Hymie m'envoya mon déjeuner. Il y avait sur le plateau un journal ouvert à la chronique de Roscoe Tate. Je savais bien d'où me venait cette attention. Le premier paragraphe était la première planche de mon cercueil, le murmure doucereux de la haine, l'effleurement de la peur.

« L'assassinat sévit de nouveau à Manhattan. La mort du “patron” Bennett ouvre dans la hiérarchie des criminels la course pour la direction de son entreprise de plusieurs millions, qui règne sur l'ordure et la corruption. Seulement ils ont du retard. Le mort a laissé son bras droit en fonction. Il y a longtemps que l'Héritier présomptif était choisi, et il a pris le commandement. Il est revenu parmi nous, et avec lui l'assassinat. »

Après avoir lu, je passai l'article à Cat. Il fit la grimace.

« Il se croit fort. Tu veux lui donner une leçon ?

— Il est assez puni d'avoir à se supporter tous les jours lui-même.

— Il n'a jamais été qu'un demi-sel. Avec ses sandwichs au foie de volaille. (Il me regarda.) Une fois, je l'ai vu donner la moitié d'un sandwich à un chien, et y avait un gamin qui crevait de faim tout près de lui.

— Faut bien que les chiens vivent eux aussi. »

Augie et Cat ne firent pas de commentaires.

« Je vais aller lui parler moi-même. Ses petites manigances ne me plaisent pas du tout.

— Faites attention, Deep. Il ne faut pas vous attaquer à la presse.

— Pourquoi pas ? Qu'est-ce que tu crois qu'elle peut faire, la presse ? Elle m'insulte. Elle attire l'attention sur moi. Et après ?

— Ce n'est plus tout à fait comme autrefois, insista-t-il.

— Je sais, camarade. Cela n'a fait que croître et embellir. »

Augie s'agita un peu dans son fauteuil.

« Tate ne recule devant rien. Il n'est pas comme… nous. Il a travaillé dur toute sa vie. Il a vendu les journaux, puis a été employé dans les bureaux, et finalement il a signé ses articles. Il a sué sang et eau. Ce n'est pas un mec facile à intimider. On a essayé et il a tout fait péter. Si on l'excite, il perd complètement la boule.

— Je l'ai déjà vu en colère, mon gars, tu te rappelles, Cat ?

— Quand tu lui as fait les poches ?

— Oui. »

Cat gloussa. « Il voulait te descendre. Il avait chipé un flingue à Frankie Carlo pour essayer de te descendre. Vieux, je te vois encore faire le saut périlleux par-dessus la rampe pour dégringoler dans le sous-sol de Morgan. Pourquoi que tu l'as pas corrigé après ça ? »

Je grognai en me renfonçant dans mon fauteuil.

« Eh bien, j'imagine que je n'avais que ce que je méritais. Pouvais pas lui en faire reproche. Si quelqu'un m'en avait fait autant, je lui aurais cassé la gueule aussitôt. Le plus drôle, c'est que quand je lui ai claqué la porte au nez, il est resté là à pleurer comme un marmot. Je l'ai entendu chialer, et puis ce salaud de Sullivan est venu le chercher pour le ramener chez lui. Je parie que sa vieille a piqué une belle rogne en le voyant rentrer avec un flic.

— Vous avez eu de la veine de ne pas vous faire descendre », dit Augie.

J'éclatai de rire. « Il n'est même pas parvenu à portée. En plus, il a récupéré son fric. Neuf dollars et quarante *cents.* C'est la première chose qu'il m'a demandée quand je l'ai revu l'autre jour.

— Vous abusez de votre veine, Deep, me dit Augie.

— Ouais ? Eh bien, allons en abuser encore un peu.

— Comment cela ?

— Nous allons rendre visite à Benny-de-Brooklyn et à son pote Dixie.

— Vous êtes cinglé, fit doucement Augie.

— Naturellement. (Je souris.) Mais allons d'abord bavarder avec notre brave journaliste. »

*

Hymie était trop occupé à son comptoir pour nous entretenir. Il nous dit que Roscoe Tate était sans doute encore chez lui. Je laissai Cat sur place pour le retenir s'il arrivait, parcourus deux longueurs de rue et tournai au coin où Roscoe habitait, toujours dans le même taudis. Je postai Augie à la porte avant d'entrer.

Contrairement aux autres maisons, celle-ci paraissait propre. C'était peut-être l'influence de Roscoe, ou simplement quelques dollars de pourboire au portier, mais il n'y avait pas de poubelles, de vieux cartons ou de voitures d'enfant dans le couloir, et personne n'avait barboté l'ampoule de cent watts qui pendait au plafond.

Mais c'était quand même un immeuble vétuste et pauvre et c'était toujours la *Rue*, et pendant une seconde, je repensai à toute cette bande d'imbéciles sentimentaux que nous étions. Bennett... le vieux club, son appartement qui en était la réplique. Wilse Batten qui tout en ayant changé de quartier continuait à faire des affaires sur le terrain d'autrefois, et Augie qui attendait l'héritage, Benny Mattick et Dixie qui faisaient les seigneurs, et par-dessus tout les candidats aux élections qui se tenaient à la disposition de la troupe des K.O.

Roscoe habitait au rez-de-chaussée. Il vint répondre à la porte en personne. En me voyant, il me lorgna pensivement, puis recula pour me laisser entrer.

À l'intérieur, il n'y avait plus de sentimentalité. Roscoe avait assez connu la misère dans son enfance pour ne pas tenir à en perpétuer le souvenir. Une main sûre avait choisi les couleurs et le mobilier, et l'appartement reflétait parfaitement le célibataire qui savait dépenser son argent.

« C'est bien, ici, dis-je.

— Je m'y plais.

— C'est normal. Tu vis seul ?

— La plupart du temps.

— C'est vrai que tu n'as jamais été le gars à claquer ton pèze pour une poulette. »

Son haussement d'épaules fut assez méprisant. « Je suis toujours pareil. Je les ai pour rien, comme toi autrefois.

— Tant mieux pour toi, petit. »

Il me lança un coup d'œil de dégoût, puis reprit son expression glacée et me désigna un fauteuil.

« Tu n'es pas venu pour qu'on parle femmes, non ? fit-il.

— Plutôt de meurtre.

— Alors ?

— Tu travailles d'assez près avec les poulets ?

— La police est contente de ce que je peux lui communiquer. Elle me paie de retour. Tout ce qu'on sait de la mort de Bennett, je le sais aussi.

— Ne te prends pas pour l'obélisque. J'ai moi aussi une oreille collée à la grande porte. Il paraît que les flics croient que Bennett a été tué à l'endroit où on l'a trouvé… dans son appartement. Bon. Est-ce la dernière version, ou est-ce une couverture ? »

Il prit automatiquement un crayon dans sa poche et une rame de papier jaune rayé sur le bureau.

« Qu'est-ce que tu as en tête, Deep ? » C'était soudain le reporter avide.

« Donne-moi une réponse, je t'en donne une autre. »

Il prit l'air rusé et fit un signe affirmatif. « C'est bien ainsi que la police voit l'affaire. Pourquoi ?

— Parce que cela ne s'est pas passé ainsi.

— Continue.

— Ce pruneau de petit calibre n'a pas tué Bennett sur le coup. Il a vu le type qui l'a attaqué, il s'est levé pour le poursuivre. Il a tenu assez longtemps pour parvenir au passage entre chez Glover et chez Constantino. Tu vois où c'est ?

— Vu. Ce n'est pas loin du *delicatessen* de Hymie, seulement ce n'est plus Glover et Constantino. C'est la teinturerie Mort et l'épicerie Alvarez.

— Si tu veux. Mais tu vois où je veux dire. »

Il prit quelques notes. « C'est une idée intéressante.

— Tu parles ! Ça veut dire que l'assassin s'est rendu compte que Bennett l'avait suivi, et qu'il l'a ramené jusqu'à l'appartement. »

Tate hocha la tête. « Ce serait stupide. Qu'est-ce que ça change pour le meurtrier, s'il n'est pas pris ?

— Ça, mon ami, c'est la grande question. Je l'ignore.

— Alors comment es-tu au courant du reste ?

— Parce qu'une fille m'a donné un tuyau. Tu connais une nommée Tally Lee ? »

Il fit un signe affirmatif et attendit.

« Elle m'a dit qu'elle voulait cracher sur mon cadavre comme elle avait craché sur celui de Bennett. C'était une idée bizarre, puisqu'elle n'aurait jamais dû avoir l'occasion de cracher sur Bennett. Mais elle l'a dit, et c'était sincère. Elle ne plaisantait pas. Et puis un de mes admirateurs s'est ramené avec un souvenir… la tocante de Bennett. Pendant qu'il était étendu dans la ruelle, un mec lui a fait les poches, lui a barboté la tocante et l'a revendue. Le gosse qui l'a achetée a pensé me rendre un grand service en me la rapportant. »

Maintenant, Roscoe s'énervait. Sa main écrivait sans que ses yeux se détachent de mon visage. Ses lèvres paraissaient répéter toutes mes paroles. Quand j'eus terminé, il me demanda : « Bon Dieu, te rends-tu compte de ce que cela signifie ?

— Évidemment. Un des promeneurs nocturnes a pu voir qui remmenait le cadavre de Bennett. Ce sont des gens étranges. Ils vivent aux confins de l'ombre et ils voient tout ce qu'il se passe dans tous les recoins du quartier. Peu importe où l'on va, il y en a toujours un aux aguets. Des yeux partout. À n'importe quelle heure, je peux imaginer que quelqu'un, derrière les rideaux sales, ou du fond d'un tas d'ordures, observe ce que je fais. Vieux, j'en ai culbuté des tas d'ordures et bousculé des poubelles pour rechercher les gens de la nuit. Plus que je n'ai de tifs. Et j'en ai trouvé. Après ça, Bennett et moi, on les dressait à coups de pied pour leur faire oublier ce qu'ils avaient vu. Et ils n'avaient plus jamais envie de se rappeler. Au bout d'un temps, quand il s'agissait de nous, ils n'espionnaient plus. Ils filaient.

— Tu gardes tes rancunes longtemps, Deep. » (Il souriait. Le petit con était ravi de me voir tout retourné. Je savais pourquoi.)

J'ouvris les poings et me forçai à sourire aussi. Rien que pour le contrarier.

« Tu permets que je passe ça au journal », dit-il en prenant le téléphone.

Je fis un geste. Il hésita. « Laisse tomber. Ça peut attendre. Les poulets ont leurs propres informateurs. J'aimerais bien garder un ou deux pas d'avance.

— Alors pourquoi me raconter tout ça ?

— Parce que tu as aussi tes sources, mon gars. Elles ne valent pas les miennes, mais elles ont leur importance. Je te communiquerai mes renseignements au fur et à mesure. Tu me tiens au courant des tuyaux que tu reçois, personnels ou policiers. »

Il fit un signe d'acquiescement. « Cela me paraît avantageux, Deep. Tends ton cou à couper autant que tu veux. Je serai enchanté de te donner un coup de main pour te faire effacer. J'irai même jusqu'à ne pas publier un bon papier.

— Tu devrais te mettre en rapport avec Irish Helen. Vous avez des intérêts en commun. »

Il se tut un instant. « Ne lui cause pas de tort, Deep. Tu as toujours tout pourri, et si tu en fais autant avec elle, je mettrai tout en œuvre pour qu'on te réduise en pièces détachées.

— Tout ?

— Tu peux y compter. »

Je me levai. « Elle m'a dit la même chose. J'ai vraiment des copains dévoués. »

Il ne répondit pas. Il resta assis, à me suivre des yeux, quand je sortis. En tout cas, nous avions un accord commercial, et Tate tiendrait sa promesse. Je ne pouvais rien lui demander de plus.

*

La taverne de la Rose blanche, chez Bimmy, était un bistrot vulgaire qui ne travaillait qu'avec la clientèle du quartier. Il n'y avait pas souvent de riff au bar. Avec ses trois cents livres de bidoche, Bimmy y veillait. Son arrière-salle servait de bureau à Benny Mattick. Et Bimmy touchait d'autant plus de galette qu'il y avait moins de pétard.

Je laissai Cat dehors et j'entrai avec Augie. Nous nous servîmes nous-mêmes deux petits verres au baril. Quand je jetai un dollar sur le comptoir, Bimmy rappliqua pour rendre la monnaie.

« Benny est dans le fond ? lui demandai-je.

— Qui ? (Ses petits yeux me scrutaient.)

— Joue au con, Bimmy, et je t'enfonce le glass dans la glotte ! »

Il souleva la partie articulée du comptoir et s'y glissa péniblement. Il avait toujours son même sourire qui lui tirait les coins de la bouche vers le bas, et allongeait la cicatrice de son menton.

Soudain il reconnut Augie. Puis moi. Le sourire resta, mais Bimmy ne bougea plus. « Sois mignon, Bimmy, dis-je, et alors je ne ferai peut-être pas de carton sur ton matériel. Et particulièrement sur toi. D'accord ? »

Il fit un signe d'acceptation.

« Je t'ai posé une question.

— Il est dans le fond. (Je le fixai. Ses yeux se portèrent sur les portes fermées à l'autre bout.) Il y a aussi Dixie et Lenny Sobel et quelques messieurs.

— Merci. »

Nous allâmes au fond. Augie m'ouvrit la porte. Vite et en grand, pour que je puisse inspecter la salle d'un coup et repérer les deux gars qui étaient seuls en posture d'essayer de m'avoir. Ce fut si rapide qu'ils ne bougèrent pas. À moi de jouer. J'entrai. Augie referma doucement la porte et s'y adossa comme s'il avait tout son temps.

Dixie était étendu sur le divan, la bouche et la mâchoire bizarrement déformées. Il me vit, mais ne bougea pas. La bouche de Benny était encore enflée, et il grimaçait de haine. Derrière Lenny Sobel, Harold et Al restaient l'un près de l'autre, mais cette fois, Al avait la main dans la poche. Les trois autres étaient bien des messieurs de l'autre partie de la ville. Du quartier où le portier vous salue et où tout votre pedigree s'inscrit sous le bouton de sonnette.

« On dirait que tout le monde a attrapé mal par ici, aujourd'hui, fis-je.

— Pousse pas, Deep, me dit Benny. Qu'est-ce que tu veux ?

— Rien, mon ami. J'ai tout ce qu'il me faut. Et c'est exactement ce que tu désires toi-même. (Je regardai les trois messieurs, qui rougirent.)

— Continue, Deep. (La voix de Benny était râpeuse. L'enflure de ses lèvres atténuait son accent.)

— Où as-tu pris l'idée que tu pourrais commander, mon pote ?

— Qui d'autre…

— Tu n'as pas perdu de temps.

— L'Organisation n'allait pas se disloquer parce que tu n'étais pas là, Deep. Tu…

— J'imagine que tu n'en as pas parlé à Batten, hein ?

— Et qu'est-ce que ça peut foutre ? Si tu n'avais pas rappliqué, il avait…

— À peu près un million de dollars en affaires, mon gars Benny. Mais c'est une rigolade quand on peut garder le reste du paquet, hein ? »

Le silence régna un instant. Un des messieurs suça son cigare humide et fit de la fumée bleue. Personne ne tenait à me regarder. Ils serraient le bout merdeux du bâton, cette fois, et c'était la nécessité qui les avait réunis.

Lenny Sobel se carra dans son fauteuil, avec toute une vie d'expérience sur ses traits, tandis qu'il pesait le pour et le contre. À la fin, il arriva à une conclusion et me dit : « Tu as quelque chose à manipuler… ou à vendre ?

— Possible, fis-je avec un sourire au vinaigre.

— Mais non, reprit-il, tu n'as pas encore tout compris et *tu ne les as pas encore.* (Comme je ne répondais pas, il poursuivit.) Tu as monté le bluff le plus formidable que j'aie jamais vu. (Il eut un mouvement à peine marqué de la tête.) Attaquez ! »

Je collai à Harold un pruneau dans la hanche, lui fracassant le pelvis, et je touchai Al au bras gauche avant qu'il ait pu sortir son feu. Pendant une seconde, le petit voyou regarda sans y croire son bras bousillé, puis, avec un long sanglot, il s'évanouit.

Je réarmai mon 38, et souris à Lenny qui devenait livide. Ça lui donnait l'air d'un vieux. Un bandit battu et terrifié, qui était resté un jour de trop sur la brèche et qui le savait. Il voulait parler et il n'y arrivait pas. Benny observait tout cela, fasciné, les yeux écarquillés, le regard vague. Les trois messieurs, qui n'avaient jamais vu la mort de si près, n'avaient pas encore eu le temps de comprendre l'horreur du moment.

« Debout, Lenny », dis-je.

Il s'étouffa et tenta de se sauver, mais il trébucha sur ses gardes du corps. Pendant qu'il était encore à genoux, je lui lâchai tout à trac un pruneau dans le cul. Il poussa un hurlement.

« Tout comme autrefois, dis-je. En plein dans les fesses. »

J'éclatai de rire, et un des messieurs assis à la table glousssa comme une poulette hystérique, jusqu'à en perdre le souffle.

« Toi, Benny ? fis-je.

— Je passe la main. Tu es cinglé.

— Possible. Et Dixie, il joue ?

— Tu l'as abîmé, Deep. Il se pique toutes les heures.

— Nettoie toute cette merde. Et passe le mot.

— D'accord, Deep.

— Dis-leur de se mettre au pas. Le fouet ne va pas tarder à claquer.

— D'accord, Deep.

— Et s'il y a d'autres réunions, tu m'invites, mon pote.

— Non… tu te trompes, Deep. Ce sont… des amis.

— Des amis ? Trois piliers d'église qui auraient pour ami un sale voyou comme toi ? Ne sois pas con, Benny. Je les connais, ces types, et leurs affaires avec, et si tu continues à me raconter des craques, tu vas finir à la morgue avec une étiquette au gros orteil.

— Mince, Deep…

— Ta gueule. Au pas. Ça veut dire que tu rentres dans le rang. T'as jamais été un caïd dans le temps. N'essaie pas de jouer les durs à présent, parce que t'as même pas idée de ce que ça pourrait barder. »

Tous me regardèrent sortir en silence. Au bar, je pris mes quarante *cents* de monnaie et je dis à

Bimmy : « Toutes mes excuses, mon gros. Ils l'ont bien cherché. »

Dehors, Cat était appuyé à la vitrine, son corps maigre tout tendu et tremblant. Il se frottait nerveusement les lèvres du revers de la main en surveillant les deux bouts de la rue.

« Décontracte-toi, lui dis-je. Ils se sont simplement fait un peu secouer.

— Qui as-tu mouché ?

— Lenny et ses deux mecs.

— Tu vas vite, Deep. Trop vite !

— Mais non, Cat. Je freine seulement un peu l'opposition.

— Bon, bon. Mais filons d'ici pour leur laisser le temps de se calmer. Si les poulets rappliquent, on est faits. »

J'éclatai de rire et fis signe à un taxi. Nous embarquâmes tous les trois. À la première station de métro, je dis à Augie de se procurer le détail de toutes les entreprises de Bennett, avec le nom de tous les employés passés et présents, et celui de tous les gens à qui il avait pu prêter des fonds. Je repartis avec Cat pour la 101e Rue, où il avait une piaule. Il prit quelques affaires et m'accompagna à l'appartement.

Sur le perron, j'ouvris la porte et lui remis les clefs.

« Reste planqué jusqu'à ce que je t'appelle. Boucle la lourde. Je ne veux pas qu'on vienne traîner par ici.

— Où que tu vas ?

— Voir une pépée, Cat.

— Écoute, tu ferais mieux de m'emmener. Tu as oublié les mecs de Philadelphie ?

— Lew James et Morrie Reeves, dis-je. Au Westhampton sous les noms de Charlie et George Wagner.

— Ouais. Et ils ont des relations dans le patelin. »

J'éclatai de rire : « Moi aussi, mon pote. »

*

La nuit tombait comme je sortais du restaurant Maury, du côté est de Columbus Avenue. J'enfilai la 103e Rue et tournai à l'est. J'allai jusqu'à l'épicerie Brogan et ouvris la porte, sur des ténèbres profondes. Je portai la main à ma poche pour prendre un carnet d'allumettes.

J'en arrachai une, la frottai et la levai. Mais je ne regardais pas dans la bonne direction. La personne qui s'était camouflée dans l'entrée m'abattit quelque chose sur la nuque et, quand le sol me frappa au visage, j'étais déjà privé de sentiment.

VIII

J'étais privé de sentiment, mais je savais encore ce qu'il se passait. Il me parvenait des bruits du dehors, des bruits de véhicules, des bruits de foule.

Dans une vague de douleur, la sensation me revint. Je me mis à genoux, crachai, et, dès que je le pus, m'essuyai la bouche sur ma manche. Je recrachai, me levai, et sentis le sang poisseux qui me coulait dans les cheveux. Il me fallut rester une bonne minute debout contre le mur avant de pouvoir bouger. Mon pied rencontra la matraque improvisée qui roula sur le sol. À la lueur d'une allumette, je parvins à distinguer quelques-uns de mes cheveux encore collés au flanc d'une bouteille de soda. Ma seule pensée fut que j'avais eu un sacré pot que le verre n'ait pas éclaté. Ça m'aurait fendu le crâne comme une peau de banane.

Dans la rue, la circulation était normale, et personne ne paraissait spécialement surveiller la porte. Je poussai un juron étouffé et fouillai dans ma poche. Mon portefeuille était toujours là, et mon revolver était dans son étui à ma ceinture. Je rouvris la porte en jurant de nouveau et grimpai les marches en courant, trébuchant parfois dans les ordures entassées au palier.

La porte était ouverte, l'intérieur était sombre. Je cherchai l'interrupteur, le manœuvrai, et restai là aux aguets, mon revolver au poing. Je traversai la pièce, tâtonnai à la recherche de l'interrupteur de la chambre et l'actionnai. Je ne faisais guère attention, et si quelqu'un m'attendait avec un pistolet, j'étais foutu.

Mais il n'y avait pas de pistolet. Il n'y avait que Tally Lee, le crâne défoncé, le sang encore liquide sur son visage. Elle n'avait pas l'attitude de la mort : elle avait la position décontractée de quelqu'un qui dort, et elle avait de la chance. Elle ne s'était même pas rendu compte qu'on l'avait frappée.

Mais moi je savais ce qui l'avait frappée. J'en avais eu ma part en bas, seulement quelques instants plus tôt.

Pendant quelques secondes, je restai immobile à observer les détails. Il n'y avait qu'une chose qui ne cadrait pas, c'était la descente de lit, rejetée de côté, comme dans une lutte, alors qu'il n'avait été commis qu'un seul acte de violence dans la pièce.

Il y avait un autre détail, mais il me fallut deux minutes pour en comprendre la signification. Alors la descente de lit prit également un sens, et je recommençai à avoir mal à la tête. J'avais envie de tuer quelqu'un.

Le manteau de la belle Irish Helen était accroché à un portemanteau dans un coin de la chambre.

J'appelai doucement son nom, mais il n'y eut pas de réponse. J'écartai les tentures qui séparaient le living-room des autres pièces. La lumière de la rue, par les fenêtres sans rideaux, révélait les quelques meubles. J'aperçus un lampadaire, en trouvai l'interrupteur et fis de la lumière.

Tous mes mouvements étaient purement instinctifs. Mon cerveau était engourdi et ne voulait voir ou comprendre quoi que ce soit, sous le choc que me causait la vision d'Helen, étalée à moitié sur le divan, avec un mince filet de sang sur la joue. Pour moi, elle était morte.

Mes doigts trouvèrent son pouls, je repris mes esprits. Je la hissai sur le divan. La fureur me faisait trembler les mains et me contractait tellement que mes mouvements en étaient gauches.

Elle avait une bosse sous les cheveux et le cuir chevelu fendu, mais c'était tout. Après avoir mouillé une serviette, je lui essuyai la figure et attendis jusqu'au moment où elle gémit.

« Helen… Helen. »

Elle remua la tête et porta sur moi ses yeux pleins de souffrance. Je lui maintins la serviette contre le front et lui caressai le visage jusqu'au moment où elle put ouvrir carrément les paupières. Tout d'abord, elle eut un regard vague, puis étonné.

« Que s'est-il passé, chérie ? »

Le souvenir lui revint lentement. « Deep ?

— Tout va bien, mon petit ? demandai-je.

— Deep ? répéta-t-elle plaintivement.

— Ne t'en fais pas, chérie, c'est moi. »

Tout d'un coup la mémoire lui revint, et ses yeux s'écarquillèrent de terreur. Avant qu'elle eût pu crier, je lui mis la main sur la bouche et lui serrai la tête contre ma poitrine.

Quand la crise fut passée, je la regardai : « Que s'est-il passé ? »

Elle s'humecta les lèvres. « La porte… j'ai répondu à la porte. Je croyais que… c'était toi.

— Ce n'était pas moi, mon chou.

— Quand j'ai ouvert la serrure, le battant m'a heurtée violemment. Je suis tombée… et puis… (Elle reprit haleine brusquement.) Deep… que s'est-il passé ?

— On t'a tapé sur le citron, mon petit.

— Mais qui…

— Je n'en sais rien. Il m'a eu également.

— Deep… (Elle tendit la main pour me toucher le visage.) Qu'est devenue Tally… ?

— Elle est morte, Helen.

— *Non !* »

Elle se mordit la lèvre pour ne pas crier, mais ses yeux se remplirent de larmes. De lourds sanglots lui secouèrent tout le corps. J'attendis.

Je lui essuyai de nouveau le visage et la fis asseoir. Quand je me rendis compte qu'elle était en mesure de penser clairement, je lui dis : « Et maintenant, écoute, mon petit. Te rappelles-tu quoi que ce soit de lui ?

— Seulement… ce que je t'ai dit.

— Tu n'as pas vu son visage ? Ni ses vêtements ?

— Non. C'est arrivé… trop vite.

— A-t-il parlé ?

— Non. Je… je ne sais pas. Non… il n'a rien dit. (Elle fronça les sourcils et jeta un coup d'œil dans la pièce.) Est-ce que c'est toi… qui m'as amenée ici ?

— Ce n'est pas moi. C'est *lui.* C'est après Tally qu'il en avait. Il t'a traînée jusqu'ici et il a tué Tally. »

Un frisson lui parcourut le corps et elle se raidit sous mes doigts. « Mais pourquoi, Deep… pourquoi ?

— Je ne le sais pas encore. Mais je le saurai.

— Que va-t-on faire ? (Sa voix s'étrangla.)

— Appeler la police, mon petit. Il n'y a rien d'autre à faire.

— Mais Tally…

— Elle avait de l'importance pour quelqu'un. Maintenant elle est morte. Écoute, est-ce que tu vas mieux ? Puis-je te poser des questions ?

— Tout… va bien.

— Bon. Et maintenant, ne fais pas d'erreurs. Nous n'avons pas beaucoup de temps. Raconte-moi ce qu'il s'est passé depuis que tu es revenue ici. »

Elle s'humecta les lèvres et rejeta ses cheveux en arrière.

« Le docteur était ici. Il m'a dit que tout allait bien et il lui a donné quelque chose. Je crois que c'était un sédatif. Mme Gleason, la voisine… c'est celle qui restait avec Tally… est repartie, puisque j'étais ici. Je lui ai donné à manger quand elle s'est réveillée et…

— Elle n'a rien dit ?

— Rien de spécial. Elle était encore assez malade. Je lui ai donné un autre comprimé que le médecin avait laissé et je suis restée près d'elle un moment. (Elle joignit les mains.) Deep…

— Oui ?

— Elle était effrayée. Même en dormant, elle avait peur. Elle voulait crier dans son sommeil et n'y arrivait pas.

— Continue.

— Elle a prononcé ton nom. Elle a prononcé celui de Bennett aussi, mais d'abord le tien.

— Répète.

— Ce n'était pas… ce n'était pas cohérent.

— Raconte simplement. Je me charge de remplir les espaces vides.

— C'était… elle disait qu'elle pouvait tout arranger. Elle répétait qu'elle le dirait à quelqu'un et qu'il s'en chargerait, ou qu'il saurait quoi faire. Puis elle voulait crier. Elle répétait ton nom, puis celui de Bennett. »

Je réfléchis un instant, puis hochai la tête : « Cela ne signifie encore rien.

— Deep… est-elle morte à cause de toi ? »

Je lui pris les mains, sentant mon visage se contracter. « Je ne pense pas.

— Ne me mens pas, Deep. Pas à moi.

— Je ne te mens jamais, ma chatte.

— Alors ?

— Alors, je ne pense pas. Pas directement, de toute façon. J'ai l'impression qu'elle se serait fait tuer, que je sois ici ou non.

— Que va-t-on faire, Deep ?

— Je te l'ai dit. Appeler les flics.

— Que va-t-il t'arriver ?

— Les flics ne me font pas peur, mon petit. Tu devrais le savoir.

— Alors, téléphone.

— Oui, ma chatte », dis-je.

Je l'aidai à se lever et l'emmenai dans la cuisine, en lui maintenant la tête détournée de façon à l'empêcher de voir Tally sur le lit, puis j'allai téléphoner.

L'agent de service me dit qu'une voiture allait arriver et de ne toucher à rien. Je raccrochai. Je retournai dans la chambre où je trouvai sur la commode le chèque que j'avais épinglé à l'oreiller de Tally. Je le déchirai et en jetai les morceaux dans les toilettes. Elle n'en avait plus besoin à présent.

Je détachai ensuite mon revolver de ma ceinture, le glissai sous une pile d'ordures dans la poubelle, fis grimper le monte-charge, y mis le seau et le renvoyai en bas. J'allai ensuite rejoindre Irish dans le living-room et nous attendîmes.

*

Le sergent Ken Hurd était lui aussi un gars du coin. Il avait depuis longtemps le visage haché à coups de matraque et de poing américain, et on ne pouvait pas deviner du tout ce qu'il pensait. Ses yeux étaient d'un bleu clair et froid, totalement dénués d'expression, mais derrière tout cela, on sentait qu'il nourrissait une haine terrible. Il n'y avait pour lui que deux espèces de gens, ceux qui violaient la loi, et ceux qui la faisaient respecter.

Il avait une solide réputation. On parlait doux et on marchait droit en sa présence.

On avait laissé Hurd choisir son coin, et il avait choisi le quartier le plus difficile de la ville. Il aimait la *Rue* parce qu'il y menait ses affaires sans aucune plainte, car si l'on se plaignait, c'était encore pire la seconde fois. Ken Hurd était un flic dangereux.

Et maintenant, c'était moi qu'il observait.

Il me laissa parler, prit note de tout et m'observa de nouveau d'un air patient, comme s'il eût attendu autre chose. Il écouta ensuite le récit d'Helen. Comme elle terminait, M. Sullivan arriva avec Augie et Cat, et je commençai à me faire de la bile. Sullivan dit : « Les voici, sergent. »

Cat jeta un coup d'œil au cadavre sur le lit et sa respiration devint sifflante. Hurd lui demanda : « Vous la connaissez ? » et Cat fit un signe affirmatif.

« Parlez », dit doucement Hurd.

Pendant une seconde, Cat se figea, puis il haussa

les épaules : « C'est Tally Lee, dit-il. Une chouette môme. Je l'ai toujours connue. Qu'est-il arrivé ? »

Augie donna les mêmes renseignements, puis resta planté à attendre.

De l'autre côté du lit, le médecin légiste termina son examen, referma sa petite valise et rabattit le drap sur le cadavre.

« De quoi ça a l'air ? demanda Hurd.

— Ça ne fait pas plus d'une heure. L'arme du crime est effectivement cette bouteille de soda. Nous en ferons la preuve par la suite, naturellement, mais pour moi cela ne fait pas de doute. (Il me désigna d'un signe de tête.) Si c'est la même bouteille qui l'a assommé, et nous le saurons en comparant les cheveux, vous aurez de la difficulté à lui faire endosser l'histoire.

— Vous êtes certain qu'il était dans les pommes ? » lui demanda Hurd.

Le médecin me tâta professionnellement le crâne au passage : « Il était dans les pommes, pas de doute. Naturellement, dans une affaire pareille, vous pouvez toujours essayer de prouver qu'il s'est frappé lui-même.

— Je vous remercie, lui dis-je.

— Il n'y a pas de quoi », fit-il en souriant.

L'agent en civil à qui on avait remis la bouteille

revint, le sourcil froncé, la bouteille empalée sur un bâton. Il hocha la tête et déclara : « Pas d'empreintes. Tout est brouillé. Il se peut qu'il y ait quelque chose sous les taches de sang, mais il faudra que le laboratoire s'en charge.

— Bon, lui dit Hurd. Emballe-la. (Il se tourna vers M. Sullivan.) Et ces deux-là ?

— Ils étaient au bar du Pélican. Lew Bucks dit qu'ils y sont restés pendant trois heures, et le garçon, Grady, le confirme. »

Sans changer d'expression, Augie demanda : « Alors, on peut partir ? »

Les yeux de serpent de Hurd passèrent d'Augie à Cat, puis à Helen et moi. « Vous pouvez partir. Tous. (Nous savions ce qu'il voulait dire, mais il nous le confirma.) Avec moi.

— Pour quoi faire ? lui demandai-je.

— Pour rigoler, Deep. On m'a parlé d'une petite bagarre dans le quartier. Personne ne s'est plaint d'avoir été blessé, mais il y avait des taches de sang dans l'arrière-salle de la taverne de Bimmy, et quelques pruneaux dans le mur. Il paraît qu'on vous y a vus entrer tous les trois juste avant que ça arrive.

— Ah ?

— Alors, je pense que ce serait très agréable que

nous allions tous ensemble à la Serre, où nous pourrons en discuter à notre aise. »

Cat pâlit et ses yeux se fermèrent à demi. Je savais ce qu'il pensait, aussi secouai-je la tête lorsqu'il me regarda, pour lui faire comprendre de laisser couler. Augie s'en aperçut et ne dit rien.

On appelait le poste de police la Serre. Ce nom datait déjà d'une génération, mais il était resté.

À huit heures et demie, j'étais donc dans « la Serre », pour la première fois depuis longtemps, et en examinant les lieux, je m'aperçus que cela n'avait guère changé. L'odeur était bien restée la même. Cela puait le cigare, les vêtements humides et la sueur, dans une atmosphère lourde de fumée.

On avait laissé Helen, Cat et Augie dans la salle d'attente.

Hurd et trois autres flics étaient autour de moi. Je savais ce qu'ils voulaient. Ils comptaient me ramollir et après, un autre se laisserait couillonner sans difficulté.

« Vous avez l'intention de m'arrêter ? demandai-je.

— Plus tard peut-être. »

Hurd ôta sa veste, la plia et la posa sur le dossier d'une chaise. C'était un type costaud, sans aucun doute, avec de lourdes épaules et de gros bras. Son regard était méchant. Les autres se contentaient de me surveiller, dans l'espoir que j'allais tenter de m'évader. Le truc est vieux comme le monde.

« Vous êtes idiots, leur dis-je.

— C'est bon, l'artiste, expliquez-nous cela. (Il desserra sa cravate, remonta ses manches et me sourit.)

— Je ne suis pas arrêté, dis-je. Je n'ai pas signé de déposition. En surface, je suis innocent.

— Mais en profondeur, vous ne l'êtes pas tellement. En profondeur, vous devriez être arrêté, Deep. Mais il y a une chose que j'aimerais savoir. D'où arrivez-vous, Deep ?

— Vous pouvez crever », lui dis-je.

Il me cueillit d'un lourd crochet et m'expédia de ma chaise sur le plancher. Quand j'eus essuyé les larmes qui m'étaient venues aux yeux, je me relevai, replantai la chaise et m'y installai.

« Que dites-vous de cela, Deep ? »

Cette fois, ce fut moi qui souris.

Je savais que j'allais éclater. C'était clair et net. Je lui dis : « Essayez encore une fois, Hurd, et vous serez obligés de vous y mettre tous, mais, mon ami, ce sera coton. Si je ne vous rembourse pas ce ramponneau aujourd'hui, ce sera une autre fois, en un autre endroit. Je vous conseille de vous tenir bien sage !

— Des menaces, Deep ?

— Un simple avertissement, mon pote.

— Alors, parlez-moi d'autre chose. Par exemple, comment se fait-il qu'il y avait du sang chez Bimmy ?

— Et s'il vous le disait lui-même ? C'est son bistrot.

— Bimmy a peur. Il n'est pas bavard.

— Ne sont-ils pas tous pareils ? »

Hurd inclina la lampe de façon à me la braquer en pleine figure. « Nous trouverons bien quelqu'un qui a vu les gens dans l'arrière-salle.

— Allez-y. Et ensuite, faites-leur signer une déposition.

— Vous avez l'air de savoir comment on procède.

— Ce n'est pas la première fois que je suis dans un commissariat.

— Vous avez raison. Nous savons même combien de fois vous y êtes venu. Vous aimeriez qu'on vous montre votre casier ?

— Au diable ! Arrestation ne veut pas dire condamnation.

— Vous jouez trop au dur, Deep.

— Y a-t-il une meilleure manière ?

— On m'a dit que vous portiez un revolver.

— Vous m'avez fouillé. J'en avais un ?

— Non, mais j'ai vu la déformation de votre

ceinture, comme lorsqu'on porte un revolver dans un étui. Depuis quand un voyou comme vous a-t-il la fantaisie de le porter à cet endroit ? »

Comme je ne répondais pas, une voix de gorge, au fond de la pièce, intervint : « On disait autrefois qu'il portait un revolver de flic, sergent. Il l'avait pris à un agent en civil qu'un voyou de sa bande avait assommé. »

Hurd fit l'innocent : « Oh ! c'est vrai, je n'y pensais plus. Il déteste les flics. Tout comme il vient de me le dire. C'est vrai, Deep ? »

Je haussai les épaules. Il pouvait toujours claquer des mandibules !

« Mais pour en revenir à nos moutons… que fabriquez-vous ? Vous cherchez le gars qui a descendu votre copain ?

— Ce me serait agréable de le rencontrer, dis-je.

— Peut-être savez-vous qui c'est ?

— Pas encore.

— Et si vous le trouvez ?

— J'agirai en bon citoyen. Je préviendrai la police.

— Vous n'en aurez peut-être pas le temps. Certaines rumeurs nous donnent à penser que vous avez un pied dans la tombe. On ne vous aime guère dans le coin.

— Je l'ai entendu dire. Je devrais demander la protection de la police. »

Hurd se rapprocha, souriant de nouveau. « Vous avez vraiment réponse à tout, n'est-ce pas, Deep ? Et vous avez une sacrée grande gueule ! »

Je vis le coup venir et je me laissai glisser juste ce qu'il fallait. Je me relevai du plancher, ma droite partit et cueillit Hurd en plein blair. L'hémoglobine nous éclaboussa tous les deux. Avant que les autres aient pu s'en mêler, il me colla deux directs à l'estomac, mais il en encaissa deux en pleine tronche et pendant cinq secondes, je fus maître du champ de bataille.

La matraque qui s'abattit sur ma nuque lui redonna l'avantage, et en embrassant le ciment froid de la pièce, je n'entendis plus que des bruits confus. J'étais toujours à plat ventre quand je revins à moi, et Hurd était assis sur ma chaise, tandis qu'un médecin lui faisait des points de suture à la figure. Près de la porte, Wilson Batten faisait entendre sa voix la plus officielle en agitant un papelard, pendant qu'un agent en uniforme s'efforçait de le faire tenir tranquille.

Je me relevai lentement, souris à Hurd, puis me tournai vers Batten. « Cela t'a pris rudement longtemps pour arriver ici. »

Hurd jura. Je m'essuyai le visage et m'approchai de lui. « J'avais téléphoné à Batten avant de vous appeler, mon ami. Je pensais bien que vous me prépariez un petit tour de vache.

— Bouclez-la et sortez d'ici.

— Les trois autres partent avec moi. »

Batten déclara : « Ils sont libres, Deep. Ils peuvent partir. Autrement, je porte plainte pour arrestation injustifiée. »

Le médecin en termina avec la bouche de Hurd, lui donna une ordonnance. Hurd la roula en boule et la jeta sur le plancher. L'homme de l'art ramassa ses outils. J'eus un mauvais rire : « Je vous avais bien dit de ne pas jouer au dur, Hurd. Il faut bien que quelqu'un vous rabatte votre caquet.

— Dehors, merdeux ! On se retrouvera.

— Quand vous voudrez ! »

J'époussetai mes vêtements, récupérai mon chapeau sur une chaise près de la porte et fis un signe de tête à Batten. Il me laissa passer devant lui jusqu'au bureau. Hurd nous suivait de près.

Les yeux de Cat s'écarquillèrent quand il vit la figure de Hurd. Augie, comme toujours, était impassible. Mais Helen parut comprendre la situation au premier coup d'œil. Par intuition, elle devina ce qu'il s'était passé, et ses émotions la trahirent. Elle était de mon bord, à corps perdu. La grande et belle Irish Helen me contempla fièrement, avec un petit sourire qui disait : *allons, mon homme, filons.*

Wilson Batten attendit que nous soyons sur le trottoir avant de me dire, entre ses dents : « Vous êtes complètement givré, Deep.

— Sûrement pas, Wilse.

— On ne s'attaque pas à un gars comme Hurd.

— On ne fait pas le fortiche avec moi non plus. Il fallait bien que quelqu'un le mette au pas.

— D'accord, mais s'il avait voulu porter une accusation sérieuse ce soir, il l'aurait pu. Au lieu de cela, il a l'astuce de vous laisser filer pour s'amuser encore davantage par la suite. Écoutez, Deep : Hurd, ce n'est pas du flic en série. Il a une haine toute spéciale pour les types de votre genre, et maintenant vous êtes en tête de liste. Autant dire que vous êtes déjà foutu.

— Tu as eu du pot, Deep », fit Cat.

Augie sourit pour la première fois : « Pas lui… nous. Ç'aurait été notre tour immédiatement après.

— Tu vois ce que je t'ai évité, Helen ? »

Elle me toucha le bras. « Je te remercie. (Son regard s'assombrit un peu.) Il t'a fait mal ?

— Pas à moi, mon petit !

— Merde alors ! fit Cat, quand on saura qu'il a

sonné Hurd, il n'y aura pas un demi-sel dans tout le quartier pour nous chercher des poux ! »

Je sentis qu'Helen me serrait de nouveau le bras, nerveusement, impatiemment. Elle me demanda d'une voix douce : « Deep… est-ce vraiment nécessaire, tout ça ?

— Je ne vois pas d'autre moyen, ma chatte. Et toi ? »

Elle hésita, puis hocha la tête : « Je ne vois pas.

— Tu avais envie de me voir en macchabée, tu te rappelles ?

— Je crois que je préférerais ne plus y penser. »

Batten descendit sur la chaussée et agita la main dans l'espoir d'attirer l'attention d'un taxi. « Dans ce cas, vous feriez mieux de commencer par vous débiner d'ici », dit-il.

D'un geste machinal, je tâtai ma poche arrière, puis celle de mon veston. « J'ai oublié mon portefeuille », dis-je.

Batten remonta sur le trottoir : « Je vais vous le chercher. »

Je l'arrêtai immédiatement : « À moi le plaisir ! dis-je. Les poulets ne m'inquiètent pas du tout. Laissez-moi m'amuser. »

Le sergent du bureau plissa le front quand je lui dis où se trouvait sans doute mon portefeuille et il envoya un agent le chercher. Je suivis l'homme jusqu'à la moitié du couloir, et pendant qu'il continuait son chemin, je frappai à la porte de Hurd, ouvris et entrai. Il avala deux comprimés d'aspirine, les fit descendre avec un verre d'eau et se rassit comme s'il ne m'avait encore jamais vu. Je m'approchai de son bureau, pris le porte-plume qui s'y trouvait, inscrivis un numéro sur son bloc et lui dis : « Mon pote, je ne veux pas qu'on m'emmerde. Dans ce patelin, il est facile de se faire des relations. Je connais pas mal de gens. Alors, rendez-nous service à tous les deux et téléphonez à ce numéro. Mais si vous me gardez rancune de ce coup de poing dans les dents, je suis prêt à vous offrir votre revanche à n'importe quel moment. »

Ses yeux se portèrent sur le bloc, se firent encore plus froids, et quand ils revinrent sur moi, étincelèrent d'un bleu encore plus pâle, presque fascinants à force de haine.

« Vous tenez absolument à être le caïd, n'est-ce pas ?

— Il ne faut jamais viser trop bas. Rien ne vaut le sommet de l'échelle.

— Je m'en souviendrai, dit-il, impassible.

— Comptez-vous poursuivre Irish ? » demandai-je.

Il fronça les sourcils, sans comprendre.

« Helen Tate », lui expliquai-je.

Il se pencha sur sa table, les biceps gonflés sous sa chemise. Il n'était pas encore décontracté, et je devinai combien il avait envie de se trouver seul avec moi. « Vous l'aimez bien, Deep ?

— À ma connaissance, c'est une poulette convenable. Elle n'est mêlée à rien. »

Hurd retrouva son sourire méchant. « Tous ceux qui tournent autour de Lenny Sobel ou de Bennett ont quelque chose à se reprocher.

— Ils étaient camarades d'enfance.

— Ils ont été davantage que cela. Ils ont été très liés, grand chef. Bennett a même financé deux fois des spectacles pour elle.

— Il en a eu pour son argent. D'après ce qu'on m'a dit, ils ont eu du succès.

— Comment a-t-il été remboursé… en espèces ? Voilà le chiendent. C'est même peut-être digne de réflexion. Peut-être que depuis tout ce temps-là, vous étiez amoureux de la môme et qu'à votre retour, vous avez été obligé de démolir votre vieux copain pour reprendre avec elle. C'est une idée à creuser.

— Mais ce n'est pas original. Ce n'est pas avec des idées pareilles que vous allez me faire sortir de mes gonds.

— C'est en tout cas un point de départ. Revenez

me voir et l'on en reparlera. Au fait, je vous enverrai peut-être une invitation prochainement. Vous êtes devenu mon gibier de prédilection, Deep.

— Ne vous gênez surtout pas !

— Entendu.

— N'oubliez pas de téléphoner, dis-je en montrant son bloc.

— Je n'oublierai pas », m'affirma-t-il.

Je sortis, reçus mon portefeuille des mains du flic, le remerciai et allai rejoindre Wilse. Il avait trouvé un taxi. Nous le déposâmes en premier, puis je laissai Cat et Augie à mon nouvel appartement et je donnai au chauffeur l'adresse de Tally Lee.

Helen se raidit en m'entendant, et elle me regarda fixement : « Pourquoi y retourner ?

— Pour ramasser mon flingue. Je l'ai caché sous les ordures. »

Au bout d'un certain temps, elle reprit d'une voix étrange : « Deep…

— Quoi ?

— Pourquoi ne l'y laisses-tu pas ?

— Laisser quoi ?

— Laisser ton foutu revolver dans les ordures, c'est bien sa place.

— Tu as vraiment envie de me voir crever en vitesse, n'est-ce pas ? »

Elle se contint un instant, mais ce fut tout. Ses yeux s'emplirent de larmes, elle se mordit la lèvre, puis elle se tourna : « Va au diable ! dit-elle.

— Helen… »

Elle me coupa vivement : « Oublie ce que je t'ai demandé. Descends quelqu'un. Fais le caïd comme toujours. Mais souviens-toi d'une chose, il n'y aura jamais d'excuse si tu tues quelqu'un. Tue un homme, et la police te tuera. Sinon, un jury te condamnera.

— Ta sollicitude subite me touche profondément, lui dis-je, en dissimulant un sourire.

— Tu sais… elle n'a rien de tellement subit, Deep. C'est simplement qu'elle me revient après tout ce temps. »

Je la pris dans mes bras et la serrai contre moi. Elle gémissait sous mon baiser, et s'anima peu à peu, en répétant mon nom.

*

Le chauffeur avait de toute évidence un côté sentimental. Il attendit que nous nous rendions compte que nous étions arrivés, et nous sourit dans le rétroviseur. Je lui donnai cinq dollars en lui disant de garder la monnaie. Il me répondit en espagnol, en me prodiguant ce qui me parut des conseils fort avisés.

Nous étions de l'autre côté de la rue, en face de l'appartement de Tally Lee. À part un unique agent devant la bâtisse, on ne se fût point douté qu'il s'y était passé quelque chose. New York ne s'intéresse pas longtemps aux morts.

Tandis qu'Helen se rendait au drugstore du coin, je traversai la chaussée, descendis au sous-sol de la bâtisse, escaladai la clôture de derrière et trouvai le seau à ordures toujours dans le monte-charge. Je nettoyai mon revolver, le raccrochai à sa place, et revins à travers les détritus rejoindre Helen.

Le drugstore me convenait parfaitement pour téléphoner à l'appartement. Quand Cat me répondit, je lui demandai : « Sais-tu où Dixie peut se planquer ?

— Probablement à l'hôtel Merced. Tu veux que je m'en assure ?

— Oui, et colle-lui au train. Dis à Augie de rester à l'appartement, et téléphone-lui de temps à autre jusqu'à ce que je t'aie rejoint. Compris ?

— Compris, vieux.

— Bon. Passe-moi Augie.

— J'écoute, Deep, fit Augie.

— Augie, est-ce que Batten t'a remis tous les papiers de Bennett ?

— Que voulez-vous dire ?

— Tu sais bien ce que je veux dire. Es-tu sûr que Batten t'a tout remis ? »

Il me répondit sans hésiter : « On n'est jamais sûr de rien avec Batten, mais je ne crois pas qu'il oserait vous faire des entourloupettes. Les papiers que je vous ai donnés sont assez complets. Bennett respectait la loi et avait toujours une peur mortelle de se faire prendre pour l'impôt sur le revenu ou quelque chose de cet ordre, par conséquent, ce qu'il mettait sur papier, c'était sans risque.

— Ce n'est toujours pas ce que je veux dire.

— Il vaudrait peut-être mieux m'expliquer, Deep.

— Bon. Par exemple, tu sais qui se trouvait dans l'arrière-salle de Bimmy. Ce n'étaient pas des gens de la classe de Bennett, mais ils évoluaient quand même dans son cercle. Comme Hugh Peddle et les autres. Bennett avait le bras long. »

Il prit quelques secondes avant de répondre : « Deep, c'est une de ces choses dont personne ne parle, vous savez ?

— Continue.

— Bennett était rusé, on ne peut pas lui ôter ça. Admettons qu'il ait eu des dossiers privés sur les gens importants. Cela n'aurait pas été grand-chose, juste assez pour dominer les bonshommes et leur serrer la vis de temps en temps.

— Cela pourrait coller. Ce serait donc à cela qu'ils font allusion.

— J'y ai souvent pensé, dit Augie. Mais Bennett ne parlait jamais. Il téléphonait et quelqu'un s'exécutait.

— Et Batten ?

— Écoutez, Deep, Bennett ne s'occupait jamais des comparses. Ceux-là, il pouvait les acheter. S'il disposait d'un levier, c'était quelque chose de puissant.

— Est-ce que cela tiendrait derrière un réfrigérateur ? »

Il grogna : « Sûrement.

— Bon. Visite l'appartement. Fouille tous les endroits que tu peux et vois ce que tu trouves. Les poulets ont tout retourné et il est possible que l'assassin en ait fait autant, mais il est une chose certaine… personne n'a rien trouvé, autrement il y aurait déjà un nouveau caïd. Cat et moi, nous t'appellerons de temps à autre, alors ne t'éloigne pas du téléphone.

— Entendu. Aurez-vous besoin d'aide ?

— Pas cette fois.

— Vous allez secouer un type ?

— C'est une façon de parler. Ce ne sera pas difficile.

— Parfait. J'imagine qu'il est inutile que je vous rappelle Lew James et Morrie Reeves. Cat est tout ému à l'idée que vous êtes tout seul, même s'il n'ose pas vous en parler.

— Je connais les ficelles, petit, lui rappelai-je.

— Je n'en doute pas. Mais gardez votre sang-froid. »

Je raccrochai.

Helen m'observait par la vitre de la cabine. Quand j'ouvris la porte, elle me dit : « Tu n'iras pas seul, Deep. »

Je m'inclinai pour l'embrasser. Elle était si grande que je n'eus pas beaucoup à me pencher et rien qu'à ce bref contact, je sentis reprendre nos ardeurs. « Je n'en ai jamais eu l'intention, Irish », dis-je.

IX

Je n'eus pas de mal à dénicher Hugh Peddle. Il dînait avec Benny-de-Brooklyn à l'auberge du Faisan-Bleu, tout près de Broadway. Leur table, au milieu de la pièce, était entourée de douzaines d'autres, toutes occupées. Aussi bien là qu'ailleurs pour parler affaires. Si les gardes du corps veillaient, ils devaient avoir le dos tourné, parce que je ne les vis point.

Sans y être invité, je présentai une chaise à Helen, la fis asseoir et m'assis à mon tour.

Leur réaction fut magnifiquement normale. Un signe de tête presque amical, un doigt levé pour faire signe au garçon, une simple commande de deux tasses de café. Puis Hugh Peddle me demanda : « Vous êtes prêt à accepter mon offre ? »

Le garçon arriva, servit les cafés et s'éloigna. « Peddle… qu'est-ce que Bennett savait sur vous ? » demandai-je.

Son verre s'arrêta à mi-chemin de ses lèvres : « Où voulez-vous en venir ?

— Vous le savez bien.

— Vraiment ?

— Disons ceci : Bennett était rusé. Il savait qui avait des possibilités et qui n'en avait pas. Pour ceux qui promettaient beaucoup, il cherchait inlassablement un moyen de pression, et il attendait le moment de s'en servir. »

Hugh Peddle sourit et avala une gorgée. « Puisque vous en savez tant, c'est que vous avez les atouts. (Il se mit à glousser.) Mais ce n'est pas vrai. Autrement, vous les mettriez sur la table. »

Je hochai la tête. « Pas encore, Hugh. La partie commence à peine. Les enjeux ne sont pas encore assez élevés. Il y a pas mal d'enchères à venir. »

Il se mit à ricaner. Il croyait me tenir. « À mon avis, cette partie-là n'est pas pour vous, Deep. Vous ne m'intimidez pas du tout.

— Non ? Eh bien, tout le monde n'est pas de votre avis. On a même importé deux tueurs pour me descendre. »

Hugh me scruta le visage. Il reposa son verre

et se pencha sur la table. « Dites-moi, Deep… d'où sortez-vous donc ?

— De bien loin, conseiller.

— Et qu'y faisiez-vous ?

— J'ai un rôle important, dis-je en souriant.

— Si important que si l'on vous démolit, vos bonshommes viendront bousiller tout le monde, c'est bien cela ? »

La main d'Helen se contracta sur mon bras.

« Vous l'avez dit, mon ami, répondis-je. C'est ma petite affaire privée, mais tous sont prêts à m'aider au cas où je serais en difficulté. »

J'éclatai de rire en le regardant. Il savait que ce n'était pas du bluff. Il savait que je disais la vérité. Il réfléchit longuement.

« Les gangs ne se font plus la guerre, Deep.

— Non ?

— Laissez-moi vous dire une chose, Deep… vous savez ce qu'il est arrivé à Dutch Shultz ? Oui, bien sûr. L'Organisation l'a démoli parce qu'il en mettait le fonctionnement en danger. Si elle ne l'avait pas abattu, les flics auraient mené une opération de grande envergure et nettoyé le Syndicat. Et c'est toujours pareil, compris ? Peut-être que là d'où vous venez, ça ne se joue pas comme ça, mais si vous tendez le cou et qu'on vous le tranche, on s'occupera de neutraliser votre propre bande, par les deux bouts. Mon ami, vous n'êtes pas important à ce point-là. On ne peut pas s'attaquer en même temps aux flics et… aux autres, sans perdre. Croyez-moi, si vous étiez un personnage important, Deep, j'aurais entendu parler de vous. Tout le monde en aurait entendu parler. Personne ne peut être aussi important et rester caché. »

Je le laissai achever, puis je repris : « Disons, personne *d'autre*. Seulement moi, je suis l'exception. Et vous vous trompez, Hugh. Si l'on m'abat, vous tombez. Et de haut. Vous tombez de six pieds, vous voyez ce que je veux dire ? »

Il vida son verre et fit signe qu'on le lui remplisse. Il but de nouveau et dit : « Vous pourriez bien être pire que Bennett.

— Quel moyen de pression avait-il sur vous, conseiller ?

— Mais rien, rien du tout.

— Peut-être. En tout cas, conseiller, je le trouverai sûrement.

— Oh ?

— Oui. Et vous savez pourquoi ? Parce que personne n'a jamais connu Bennett comme je le connaissais. Il m'a laissé un indice quelque part… en un endroit où il était sûr que je passerais, de façon à prendre sa succession, exactement comme convenu il y a vingt-cinq ans. Bientôt, je vais me rappeler où ce renseignement essentiel se trouve, et quand je l'aurai, vous pourrez vous mettre à soigner vos hémorroïdes. En attendant, vous allez tous rester tranquilles. Vous en serez furieux, mais le premier qui bouge se fera légèrement mitrailler. Vous savez ce qui est arrivé chez Bimmy, par conséquent, si vous avez l'illusion que j'hésiterai à distribuer les valdas, vous vous mettez singulièrement le doigt dans l'œil. »

La voix de Hugh devint rauque : « Que vous faut-il ? »

Je me levai pour retirer la chaise d'Helen. « L'assassin de Bennett, dis-je. Vous pouvez peut-être m'aider. Un grand politicien comme vous tripote dans toutes les gamelles. Merci pour le café. »

Avant de sortir, je téléphonai à Augie. Cat avait appelé quelques minutes auparavant pour dire que Dixie était dans sa chambre au Merced et qu'il le surveillerait jusqu'à mon arrivée.

Il était difficile de deviner ce qu'Helen pensait. Elle me prit le bras et se serra contre moi en souriant. Je lui pressai la main, fis signe à un taxi et lui donnai l'adresse du Merced.

*

Dixie, le visage livide, était étendu sur le divan. Ses lèvres étaient encore enflées, et seuls ses yeux paraissaient vivre. Vêtu d'un pantalon et d'un maillot de coton, les yeux bordés de rouge, le regard farouche, il avait quand même la lucidité du camé qui vient de s'en injecter une. Ses doigts s'agitaient comme s'il eût caressé le manche d'un poignard, et il nous regardait tour à tour, Cat et moi, comme s'il se fût demandé lequel il allait tuer le premier.

« T'as envie de causer, Dixie ? demandai-je.

— Débine.

— Il t'en faut beaucoup maintenant, petit ? Toutes les trois heures ? (Je lui pris le bras pour l'examiner. Il y avait tellement de piqûres que ce n'était plus qu'une plaie. Probablement se collait-il la came dans les guibolles à présent.) Tu crois que tu tiendrais le choc, après vingt-quatre heures de manque ? »

Sa tête roula sur le polochon, il me regarda fixement : « Je ne sais rien. » Sa voix était indistincte, à cause de l'enflure de ses lèvres.

« On va voir. »

Dixie haussa ses épaules osseuses. « Vas-y, grand chef, dit-il. À toi de jouer.

— Bennett ? fis-je.

— Quoi ? Si tu t'imagines que c'est moi qui l'ai

descendu, t'es givré. Les flics m'ont assez emmerdé. Ils voulaient m'épingler. C'est Batten qui m'a tiré de leurs pattes.

— Mais pas des miennes. »

À ma voix, Dixie devina quelque chose. Il s'assit brusquement, posa les pieds sur le plancher, et me regarda fixement. « Écoute, Deep, je…

— Ta gueule, Dixie. Contente-toi de répondre. »

Il s'essuya la bouche du revers de la main.

« La nuit où Bennett a été descendu, tu étais allé à la boutique chercher une caisse d'alcool, d'accord ?

— Oui, du scotch.

— Pourquoi ? Bennett ne buvait pas beaucoup.

— Il comptait donner une petite fête, voilà pourquoi !

— Quand ?

— Qu'est-ce que j'en sais ? Il ne me l'a pas dit. Mais il était tout joyeux de quelque chose, voilà tout ce que je sais.

— Bon. Tu es donc allé chercher le scotch. Continue.

— Qu'est-ce que tu veux de plus ? Il m'a téléphoné à la boutique pour que je ramène aussi une caisse de rye.

— Ce que tu as fait juste à temps pour trouver son cadavre », lui rappelai-je.

Il toussa, puis brailla : « C'est pas moi qui l'ai effacé. Il était déjà mort ! Le type de la boutique…

— Je sais ce qu'il a raconté. Il t'a donné un bon alibi. C'est un bon citoyen, aucune condamnation. Il vote régulièrement, siège au jury, fréquente l'association des parents d'élèves. En conséquence, tu es innocent.

— Alors qu'est-ce que tu me veux ? Bon Dieu, je n'ai pas…

— Mon pote, si c'était toi qui avais descendu Bennett, je m'en serais aperçu et tout le monde avec. »

Son regard reflétait à présent une frayeur intense.

« Combien de temps es-tu resté dans la boutique, Dixie ? »

Il se le figura sans avoir besoin de réfléchir. « Foutre, au moins deux heures ! Le type peut te le dire. On a même regardé la télé et bavardé tout le temps. Je suis innocent, Deep. Tu ne peux pas…

— Ça fait beaucoup de temps pour cueillir deux caisses de raide, petit. Dix minutes de trajet dans chaque sens, deux heures là-bas… ça fait presque deux heures et demie d'absence. Bennett n'aurait pas aimé cela. Quand il voulait quelque chose, c'était *immédiatement*.

— Où veux-tu en venir ?

— Doucement, petit. Ça sent le coup monté. On t'avertit de te tenir à l'écart de chez Bennett pendant un certain temps… ou bien, si tu réussis à sortir, de passer un coup de fil à quelqu'un… et *pan !* Bennett encaisse. Tu es blanchi. Ou presque. »

Ce dernier mot ne lui fit guère plaisir.

« Que les flics raisonnent comme moi et arrivent à le prouver, et l'on te met au frigidaire. Sans ta came. Tu crois que tu tiendrais le coup ?

— Deep… bon Dieu ! Écoute, tu sais que je n'aurais pas pu… mince, Bennett et moi, on était amis. Tu comprends, amis ! (Perché au bord du divan, il tremblait de tous ses membres.)

— Pourquoi es-tu resté absent si longtemps, Dixie ? »

Il ne chercha même pas à mentir.

« Parce que j'avais besoin d'une piqûre ! Tu connais Bennett. Jamais il n'aurait accepté qu'on ait de la came chez lui. Pas moyen d'en planquer. J'ai essayé une fois, et sa foutue muette de femme de ménage a trouvé mon matériel. Bennett m'a foutu une volée. Il m'a enfermé si longtemps que je devenais cinglé. J'en avais besoin, alors quand il m'a dit d'aller chercher l'alcool, j'ai filé. Je n'avais plus du tout de came, alors j'ai téléphoné de la boutique. Le demi-sel qui me l'a apportée a pris tout son temps.

J'ai failli en crever. C'est pourquoi je me suis assis à regarder la télé. Le patron de la boutique s'est imaginé que j'avais pris froid et m'a collé de la citronnade chaude et de l'aspirine. Merde alors ! J'étais tout en sueur, et je ne savais plus ce que je disais, et quand le mec est arrivé avec la came, j'ai eu du mal à me contenir. J'ai filé aux chiottes, j'ai fait ce qu'il fallait, et puis j'ai rendu le matériel au gars, qui est parti. Évidemment, je me sentais mieux, et le connard de boutiquier s'est imaginé que c'était sa citronnade et son aspirine. Il a fermé les volets et il m'a même reconduit à l'appartement. »

Dixie grimaça, en se demandant ce que je pensais.

« Et c'est tout ?

— Bien sûr. Les flics sont venus, ils m'ont questionné, mais j'avais déjà téléphoné à Batten, qui a réglé l'affaire.

— Avec ton casier, c'est un miracle qu'ils ne t'aient pas gardé.

— J'ai eu de la veine. Wilse est arrivé en vitesse. Peut-être qu'il a manipulé quelques ficelles. J'ai été relâché plus vite que je ne croyais. J'ai eu un sacré pot.

— Tâche que ça dure.

— Qu'est-ce que tu me veux, Deep ? Je te l'ai dit, je n'ai rien à voir dans l'histoire.

— Il y a une chose qui m'intrigue.

— Alors, demande !

— Quand je suis entré au club, tu étais sur l'estrade avec Benny. Lui, il voulait être le caïd. Et toi ? »

Il était resté trop tendu. Il respira profondément, frissonna, et se laissa retomber sur le divan. « Je lui donnais mon appui.

— Il en avait besoin ?

— Benny ne court pas de risques inutiles.

— Et alors tu l'accompagnes avec ta lame. Comme pour Bennett.

— Pourquoi pas ?

— Comment se fait-il que Benny-de-Brooklyn ait eu envie de prendre la direction ?

— Il ne me l'a pas dit et je ne le lui ai pas demandé. Moi, c'est pour le fric et rien de plus. »

Je jetai un coup d'œil par-dessus mon épaule : « Cat ? »

Cat hocha la tête : « C'est bien comme ça qu'on m'a raconté les choses, Deep.

— Benny ne t'a jamais rien dit ?

— Tu crois qu'on me raconte quoi que ce soit ? Je ne suis entré là que parce qu'il pleuvait. Si je n'avais pas porté la vieille marque sur la main, la nouvelle bande ne m'aurait même pas laissé entrer dans la cave. »

Je me levai. « Encore une question. J'ai fait un carton sur une paire de mecs chez Bimmy. Ils sont allés voir un toubib. Lequel ? »

Dixie n'eut même pas besoin de réfléchir. « C'est Halpern. John Halpern. Il a un drugstore sur Amsterdam Avenue. Il s'est fait rayer de l'Ordre il y a cinq ans.

— Je le connais, dit Cat. C'est lui qui soigne tous les gars dans les cas délicats.

— C'est bon, Dixie, fais attention. Ferme ta gueule, et s'il te vient de bonnes idées, je veux être le premier à les connaître.

— Où veux-tu que je les pêche ?

— Travaille du citron ! Je veux savoir qui a tué Bennett. »

Ses yeux roulèrent de nouveau, il s'essuya la bouche et nous regarda d'un air égaré pendant que nous sortions.

En bas, Helen parla pour la première fois, l'air curieux : « Tu poses de drôles de questions, Deep.

— C'est un drôle de business, Helen.

— Qu'est-ce qu'on fait maintenant ? Il est près de minuit, dit Cat.

— On ne peut plus rien faire, lui dis-je. Posons Helen chez elle, et allons nous coucher. Tu remontes en ville, Irish ?

— Je vais prendre un taxi.

— Que fais-tu demain ?

— Le matin, il faut que je prenne des dispositions pour… qu'on s'occupe de Tally. (Ses doigts se crispèrent sur mon bras. Elle s'enfouit le visage contre mon épaule.) Les salauds. Oh ! les dégueulasses !

— Ne t'en fais pas, Helen, je trouverai le coupable. »

Elle rejeta ses cheveux en arrière et me regarda. Elle avait les yeux humides et se mordait la lèvre inférieure. « Pas toi, Deep, je t'en prie, j'aime mieux que tu ne trouves personne. »

Puis ses lèvres brûlantes se collèrent contre les miennes, tandis qu'elle me serrait le visage entre ses mains. Je la tins contre moi un moment, puis la repoussai doucement.

« Rentre, lui dis-je. On se reverra demain. »

Elle sourit, fit un signe de tête et répéta : « Demain. » Elle tira une enveloppe pliée de son sac, y inscrivit un numéro, déchira le morceau de papier et me le tendit : « Appelle-moi », dit-elle, la voix rauque.

Je fis signe à un taxi, ouvris la portière à Helen et lui fis un signe d'adieu.

*

On a quelquefois l'impression que les choses ne sont pas exactement ce qu'elles devraient être. Cat le sentit également, à la seconde même où il descendait du taxi. Je le vis se dresser sur la pointe des pieds et observer les deux bouts de la rue, d'un coup d'œil discret. Je réglai le chauffeur, lui donnai son pourboire, rempochai la monnaie et du même coup mis mon flingue au poing.

Pas besoin de nous concerter. On connaissait la manœuvre par cœur, Cat et moi. Tout s'agença naturellement. Il resta en arrière, un peu à gauche, prêt à tout, si quelque chose se déclenchait. Nous étions assez écartés l'un de l'autre pour éviter de nous faire avoir par un seul type. Il savait que j'étais armé et ne fit pas d'objection quand je passai le premier.

J'ouvris la porte, entrai normalement et pigeai tout de suite ce qui se passait. Je hurlai : « Attention, Cat ! » et m'allongeai au tapis, tandis qu'un éclair rouge partait de la porte latérale et qu'avec un bruit mat une balle s'enfonçait dans le mur au-dessus de ma tête.

Mon 38 aboya deux fois avant que l'autre pistolet, muni d'un silencieux, tirât de nouveau. Cette fois, la balle s'enfonça dans le plancher et, avec un sanglot étranglé, un corps s'abattit.

Il fallut quelques secondes pour que l'écho des

détonations s'éteignît. J'entendis alors un bruit de pas précipités, une fenêtre qui se fracassait, et je criai : « Derrière, Cat… il y en a un qui se débine par-derrière ! »

Je courais un risque, mais j'avais réfléchi qu'ils n'étaient pas plus de deux. J'enjambai un corps, et fonçai dans l'appartement, tête baissée. À l'arrière de la baraque, la fenêtre se dessinait en grisaille.

Cat ne pouvait pas couvrir la sortie autrement qu'en contournant l'angle de la maison et, s'il se mettait à courir, ses poumons ne tiendraient sûrement pas. Je passai par la fenêtre, sautai les huit pieds qui me séparaient du trottoir et attendis un instant pour me rendre compte des lieux. Quelqu'un buta sur une boîte de conserves, sur le ciment.

Je franchis la palissade, atterris dans une cour encombrée de caisses et de détritus, parvins à une autre clôture, haute de sept pieds. Si les cours n'avaient pas été transformées, il y avait un passage entre chez Glover et Constantino, même si les boutiques avaient changé de nom entre-temps. C'était ce débouché sur la rue que l'autre s'efforçait d'atteindre, et s'il y parvenait, il avait gagné.

Je franchis encore trois palissades, en déchirant mes vêtements par deux fois. Un clou m'écorcha le mollet.

Puis ce fut la dernière palissade. Le type était devant moi. Il ne courait plus. Accroupi, il se déplaçait de côté, rapidement. Il braquait son pistolet comme un doigt démesuré.

Je me relevai lentement, me plaçant entre lui et la lumière jaunâtre du réverbère au bout du passage. Je vis alors ce qui l'avait ralenti.

M. Sullivan arrivait dans le passage au petit trot, son revolver d'ordonnance à la main, tandis que de l'autre il cherchait dans sa poche sa lampe électrique. Une seconde de plus, il était mort.

Je hurlai : « À terre, Sully ! » Il s'allongea. Le mec pivota, me lâcha un pruneau silencieux, et encore un quand je me laissai rouler sur le sol. M. Sullivan, à plat ventre, ne tira qu'une fois, le type resta un instant plié en deux, puis s'affaissa lentement.

Quand j'arrivai, il était assis contre une caisse, son pistolet à silencieux toujours à la main, un petit trou au milieu du front.

Au bout du passage, la silhouette de Cat apparut. Il s'approcha lentement, en inspirant l'air à grands coups, et quand il vit le mec déquillé, il se laissa choir dans la poussière.

« Beau carton, monsieur Sullivan », dis-je.

Autour de nous, des fenêtres s'éclairaient. Des voix s'interpellaient. Quelqu'un préconisait d'appeler la police. À voix basse, M. Sullivan dit : « Oui, faites donc. » Puis il me regarda. « Merci de m'avoir prévenu.

— Il n'y a pas de quoi.

— J'imagine que tu as encore une bonne explication.

— Excellente. On m'a attaqué. Il y a un autre type dans le couloir de la maison. Qu'est-ce que vous fabriquiez dans le passage ?

— J'ai aperçu ton copain qui gueulait en montrant cette direction. J'ai pigé tout de suite.

— Bon. Alors, laissons Cat ici et retournons à la baraque. (Je regardai Cat et lui touchai le visage.) Tu ne te sens pas mal ?

— Je me sens… lamentable, mais je survivrai. Vas-y. »

Sullivan lui dit : « La voiture de patrouille va arriver. Dis-leur de monter à l'appartement.

— D'accord, d'accord. Et, Deep…

— Quoi ?

— Fais attention.

— Ne t'en fais pas. Allons-y, Sully. »

La porte était toujours ouverte sur les ténèbres. Sullivan me repoussa de côté et entra, sa lampe d'une main, son revolver de l'autre. Il trouva l'interrupteur et l'actionna.

Automatiquement, je me plaquai contre le mur, par prudence.

Sullivan me regarda. Je le regardai. Le couloir où j'avais abattu l'autre malfrat était désert. Il y avait une grande éclaboussure de sang sur le plancher, et des marques de doigts sur le mur. Il y en avait d'autres près de la porte extérieure. La situation était claire.

Je n'avais que légèrement blessé le Numéro Un. Il s'était tiré pendant que je poursuivais son partenaire.

« Entrons, Sullivan », dis-je.

Derrière nous, un agent en uniforme et un inspecteur en civil se précipitèrent.

Quand je donnai de la lumière, nous restâmes tous plantés à regarder le cadavre. Il avait encaissé au moins trois balles dans la tête et quelques autres dans le coffre. N'importe laquelle aurait été fatale. Mais les professionnels consciencieux n'y vont pas à l'économie.

« C'est Augie », dit Sullivan.

Derrière son dos, le sergent Hurd dit : « Les affaires marchent, n'est-ce pas ? » Il avait au coin de la bouche une boursouflure bleuâtre qui lui faisait une sorte de rictus.

« Bouclez-la, Hurd ! lui dis-je.

— Toujours aussi dur ?

— De plus en plus. »

Un flic arriva, le bras passé sous celui de Cat. Cat était d'une pâleur mortelle et ses joues profondément creusées dessinaient toute son ossature. Il me regarda, les lèvres retroussées sur les dents, contenant la douleur qu'il éprouvait à la poitrine, et fit un signe de tête. Je savais ce qu'il voulait dire.

Le médecin légiste ne tarda pas à arriver. Il était résigné, mais aimable. Il examina rapidement Augie, établit le moment de la mort avec suffisamment de précision pour satisfaire Hurd, le fixant à une heure et demie ou deux heures auparavant, et déclara qu'il ferait son rapport officiel après l'autopsie, dans la matinée.

Je dis à Hurd de téléphoner à Helen et à Hugh Peddle et d'interroger le chauffeur qui nous avait amenés. Hurd ne traînait pas en besogne. Avant même qu'il eût fini de converser avec Peddle qu'il avait joint dans un bistrot de Manhattan, le chauffeur était dans le couloir pour faire sa déposition.

Je n'avais pas grand-chose à y ajouter. Pour moi, il s'agissait de rôdeurs qui devaient croire que Bennett avait planqué du fric chez lui. Augie les avait surpris en pleine activité. Hurd prit note de tout, d'un air solennel, nous dit de ne pas quitter la ville, et nous laissa filer pendant que les techniciens prenaient la suite. Cat déclara que nous serions chez lui et prit la direction de la porte.

J'allais le suivre, lorsque Hurd m'interpella : « Deep…

— Ouais ?

— J'ai passé le coup de fil en question.

— Bravo. J'ai le bras long, hein ? »

Il attendit quelques secondes avant de répondre, le visage contracté. Ses épaules frémissaient sous sa veste, il grillait d'envie de recommencer la châtaigne.

« Faites attention à vous, Deep », dit-il.

Je fis un signe de tête, pivotai et sortis avant l'arrivée des journalistes. Je dus ralentir le pas, à cause de Cat, et il nous fallut nous arrêter par trois fois pour lui laisser reprendre haleine avant d'arriver chez lui. Il habitait la moitié d'une cave, à peine bonne pour un chien. Il n'y avait qu'une ampoule au plafond, deux fauteuils branlants et un divan aux couleurs passées.

« Voici ma thurne », dit-il en se laissant tomber sur le divan.

Il tenta de fumer, mais il se mit à tousser à en perdre le souffle. Il jeta son mégot. « Putains de cibiches, murmura-t-il.

— Cat…

— J'ai pigé, Deep. Le macchab, c'était Morrie Reeves.

— Tu sais ce qui s'est passé, hein ? »

Cat me regarda dans les yeux : « Ils voulaient te descendre. Ils ne s'attendaient pas à trouver Augie. Après, ils t'ont attendu. » (Il éclata d'un rire rauque.) « Tu leur as foutu une belle émotion. Mon vieux, quand les professionnels ratent leur coup, ils ne recommencent pas tout de suite, hein ? Bon Dieu ! Ta veine les a dégoûtés. C'est pour cela que l'autre s'est débiné quand son copain a encaissé.

— Je l'ai pour ainsi dire raté, celui-là. »

Cat se retourna pour mieux me voir : « Je me pose des questions, Deep.

— Lesquelles ?

— On ne t'a pas fouillé pour te prendre ton feu. On t'a laissé partir. Et puis, tous tes micmacs avec Hurd à propos d'un coup de tube.

— Et alors ?

— Merde alors ! Mon vieux, j'ai vu des caïds qui d'un coup de bigophone pouvaient se débarrasser des flics. Voire faire donner un coup de balai dans un commissariat à l'occasion. Autrefois, quand on était encore mômes, les caïds faisaient même la loi à la mairie. Alors je sais ce que c'est qu'un mec important. Le chiendent, c'est que les grands mecs finissent tous par se casser la gueule, et j'aimerais pas que ça t'arrive. Il y a longtemps que je n'avais plus d'amis.

— Ne te tourmente pas.

— Où étais-tu toutes ces années, Deep ? »

Je lui souris en hochant la tête : « Je te raconterai cela une autre fois, petit.

— D'accord, Deep. (Il s'assit et tapota le divan d'où s'échappa un nuage de poussière.) Ouvrons ça, qu'on se pieute.

— Je dormirai sur le plancher, mon pote.

— Fais pas le snob. T'as déjà couché sur ce divan-là. »

Je l'observai en fermant les yeux à demi.

Cat éclata de rire : « C'est l'original de celui qui est chez Bennett. Il était dans la cave au bon vieux temps des K.O... le premier meuble qu'on a barboté. C'est toi qui en avais emporté la moitié par-derrière le magasin de brocante du vieux Moe Schwartz. »

Je me rappelai l'aventure et éclatai de rire : « Alors ouvre-le, espèce d'idiot sentimental, dis-je. Vous autres, vous n'arrivez jamais à oublier le passé, hein ? »

X

L'aube n'éclairait pas encore les toits quand je m'éveillai. Je restai dans les ténèbres à réfléchir. J'étais parfaitement conscient de l'endroit où je me trouvais et de ce qu'il était arrivé ; pourtant, pendant mon sommeil, une pensée nouvelle m'était venue avec une telle intensité qu'elle m'avait éveillé.

Et maintenant, je n'arrivais pas à la retrouver.

Au bout d'un moment, je me rendormis, et ce fut Cat qui m'éveilla pour la seconde fois en me secouant.

Il me montra dans le journal un article sur deux colonnes : « Voilà Roscoe qui s'y remet. Tu aurais dû lui donner une leçon. »

Je me frottai les yeux pour lire l'article. C'était du pur Roscoe, avec toutes les vacheries à bout portant. En résumé, la violence et la mort se déchaînaient de nouveau dans l'ancien empire de Bennett. Deux hommes morts, la police qui paraissait y mettre de la mauvaise volonté. Les citoyens pouvaient s'attendre à des crimes en série. Le prochain sur la liste était probablement « un ancien partenaire de Bennett, héritier de son empire criminel, qui comptait bien le dominer à sa manière ».

Je découpai l'article, le pliai et le fourrai dans la poche de mon pantalon. Cat voulait que je flanque une rossée à Roscoe. Mais ce n'était pas mon idée. Il y avait vingt-cinq ans que Tate faisait ce métier. De plus, il était toujours bon pour quelques tuyaux.

« Comme tu voudras, me dit Cat. Ne l'abîme pas. Attends qu'on te foute un pistolet dans la gorge.

— Qui ça ?

— Les manitous. Ils n'ont pas encore dit grand-chose. Ils attendent les événements. S'ils s'imaginent que tu as un levier trop puissant contre eux, ils feront tout ce qu'il faut pour t'éliminer.

— On a déjà essayé, tu te rappelles ?

— Et alors ? Ils ne paieront pas le contrat tant qu'il ne sera pas exécuté. Ce qui veut dire que Lew James s'attaque à toi tout seul ou se trouve un autre partenaire.

— Lew James en a encore pour un certain temps

à ne pas pouvoir bouger beaucoup. C'est à lui qu'il faut aller parler. »

Les yeux de Cat s'illuminèrent. « Ça ne devrait pas être trop dur de le trouver. Voyons ce que je peux faire. Je vais aller voir Charlie Bizz. C'est un mec qui a l'oreille dans tous les coins du bled. Il doit bien savoir quelque chose. D'après ce que je sais de Lew James, ça ne sera pas difficile de le faire causer. Une petite manipulation à la mode d'autrefois lui ouvrira la gueule en grand. Ça te va ?

— Fais attention, Cat, dis-je.

— Est-ce que je ne fais pas toujours attention ?

— Pas toujours. Tu t'es mis de mon bord.

— Parce que je sais bien que j'y trouverai mon compte, dit-il en souriant.

— Bon, essaie toujours. Mais s'il y a du pétard, laisse Charlie Bizz s'en occuper, ou téléphone-moi. Et maintenant, passons à la Serre pour faire nos dépositions à notre petit pote Hurd. »

Il fit un signe affirmatif, prit mon chapeau au clou de la cloison et me l'envoya. « Je voudrais bien te comprendre, Deep.

— N'essaie pas.

— Bon Dieu, Hurd n'a jamais lâché la bride à personne. Il t'a dans le nez, et maintenant, il doit être dans une foutue rogne. Tu lui fais bouffer de la merde, et il n'aime pas ça.

— J'en suis navré !

— Il attend, Deep. Tu peux faire appel à toute la protection que tu as, mais un jour ou l'autre, Hurd te trouvera près d'un cadavre avec ton flingue à la main, et alors il n'y aura pas de protection qui tienne.

— On verra. »

Cat me toucha légèrement l'épaule : « Comme tu me le disais… tâche de faire attention.

— D'accord, dis-je. Explique-moi comment.

— Commence par laisser ton flingue ici, pour changer. Ne va pas te chercher des ennuis. »

J'éclatai de rire, me débarrassai du revolver, attendis pendant qu'il le cachait, puis je le poussai au-dehors.

*

Roscoe Tate, debout devant le poste de police, bavardait avec un agent en civil que j'avais vu le soir d'avant. Il m'adressa un signe de tête, termina sa conversation et s'approcha de nous.

« Salut, petit », dis-je.

Sans préliminaires, il me répondit : « Il a fallu que tu flanques Helen dans la merde tout de suite, hein ?

— Écrase, petit bonhomme, on n'a rien contre elle, fis-je en haussant les épaules.

— Les démêlés avec la police, ça fait toujours du tort !

— Pas pour moi. Elle m'a servi d'alibi.

— C'est ce qu'on m'a dit. Et quand comptes-tu en faire ta complice ?

— Demande-le-lui toi-même », fis-je en souriant et en faisant un clin d'œil par-dessus son épaule.

Roscoe marmonna quelque chose, se retourna et attendit qu'Helen eût payé le chauffeur. Elle arriva, souriante, et m'envoya un baiser du bout des doigts.

« Me demander quoi ? dit-elle.

— Helen… fit Roscoe.

— Bonjour, Roscoe. (Elle glissa sa main sous son bras d'un geste affectueux.) De quoi s'agit-il donc ?

— Tu le sais bien, lui dit-il. (Il parlait sans méchanceté, mais il me regardait d'un air significatif.) J'ai à te parler.

— Si tu veux, dit aimablement Helen, mais ne vaudrait-il pas mieux entrer d'abord ? Nous avons promis au sergent Hurd d'être ici à dix heures. Après, nous irons prendre le café et nous bavarderons. »

Roscoe agita curieusement les lèvres, inclina la tête, puis se dirigea vers le poste. Helen me tendit la main, et nous suivîmes Tate à l'intérieur.

Hugh Peddle, Benny et le chauffeur avaient déjà signé et enregistré leurs dépositions. Il ne fallut pas longtemps pour faire les nôtres, devant Hurd qui, l'air indifférent, classait les faits dans sa tête. Une ou deux fois, il porta la main à sa bouche en me regardant, pour me rappeler qu'un jour ou l'autre il me réserverait un entretien très particulier.

Quand les paperasses furent terminées, je dis : « Vous avez des renseignements sur le type que Sullivan a descendu ?

— Oui. C'est un tueur professionnel de l'Illinois. La police de là-bas lui attribue au moins une douzaine de meurtres et l'on prétend qu'il est l'homme des Ritals. On le paie très cher. Vous recevez du beau monde, mon gars. On a retiré quelques pruneaux de son pistolet dans la carcasse de votre pote Augie.

— Ce n'est pas dans le journal.

— On ne l'a su qu'il y a une heure.

— Un certain Morrie Reeves », dis-je.

Hurd me regarda froidement.

« Vous êtes de plus en plus pénétrant, fit Hurd. Vous saviez cela hier soir ?

— Disons que je n'en étais pas sûr.

— Vous savez peut-être autre chose. Il y avait un second mec qui a aussi mitraillé Augie. Celui qui s'est débiné.

— Lew James, fis-je en souriant. Ils étaient descendus au Westhampton sous le nom des frères Wagner. Vous voyez que j'essaie de vous aider, sergent. Dans ma position, on a des sources de renseignements assez inattendues. Si j'apprends du nouveau, je me ferai un plaisir de vous en faire part. »

Il posa les deux mains à plat sur son bureau. « Vous vous y entendez pour vous créer des emmerdements, Deep. C'est amusant de vous regarder opérer. Ça m'apprend des tas de choses. C'était pareil avec Bennett. Un malin, lui aussi, avec de belles relations. Il se couvrait de tous les côtés. Pas d'ennuis avec le fisc. Un casier tout ce qu'il y a de vierge… jusqu'au moment où il s'est fait perforer par un petit voyou, et voilà. »

Cette fois, je devins curieux : « Un petit voyou ? répétai-je.

— Ouais, votre vieux pote Bennett s'est fait descendre par une petite frappe. Le grand caïd qui faisait courber la tête aux gangsters et aux politiciens s'est laissé avoir par un petit merdeux. Pas digne d'un caïd, hein ? »

Hurd m'examinait, ravi de ce qu'il me racontait. « C'est avec un pétard maison qu'on a descendu votre pote, un pétard maison du modèle le plus courant. Vous devez vous rappeler le genre, vous en avez fabriqué vous-même, n'est-ce pas ? (Il s'interrompit.) C'est vrai, j'oubliais… vous n'utilisiez pas ces armes de gamin. Vous aviez barboté le revolver d'un flic, n'est-ce pas ? Vous l'avez gardé, Deep ? »

Je haussai les épaules, ouvris mon veston d'un air innocent et entendis Cat murmurer : « Mince…

— Un flingue maison, Deep. Un petit pruneau de 22 lancé par un flingue à élastique. La balistique a même pu reconstituer comment il était fabriqué. Un segment d'antenne-radio pour voiture, une pointe limée en guise de percuteur, un bandeau de caoutchouc comme ressort… foutrement efficace !

— C'est formidable, la science, dis-je. Ce ne sont pas des renseignements très secrets que vous me donnez là ?

— Vous lirez tout cela dans les éditions de cet après-midi.

— Merci.

— Il n'y a pas de quoi. »

Cat me dit : « Viens, Deep » en me tirant par la manche. J'ouvris la porte à Helen, mais Cat me prit à part et me dit à voix basse qu'il allait rejoindre Charlie Bizz et qu'il se mettrait ensuite à la recherche de Lew James. Je lui glissai un billet de cent dollars pour ses frais et lui dis de rester en contact par l'intermédiaire de Wilson Batten. Je lui recommandai de ne pas courir de risques. Helen prit Roscoe à l'entrée et nous partîmes tous chez Hymie. Cela ne plaisait guère à Roscoe mais il n'avait pas le choix. En outre, son nez de reporter frémissait et tout ce que je lui dirais pourrait servir pour ma notice nécrologique.

Au café, Roscoe parla sans ambages : « Helen, tu te rends compte dans quoi tu te fourres ? fit-il.

— Je crois. Cela ne m'inquiète pas.

— Mais moi, oui. »

Elle se pencha pour lui tapoter la main. « Je ne suis plus une petite fille.

— Mais tu te laisses jeter de la poudre aux yeux par ce demi-sel, Helen. Tu as toujours été sensible aux histoires de dévoyés.

— Fous-lui la paix, Roscoe.

— Et pourquoi ? Tu es au courant. Tu n'es pas étranger à la *Rue.* Rappelle-toi. À l'école, elle était copine avec la môme la plus dévoyée de toutes… Betty Ann Lee.

— Nous étions amies, lui rappela doucement Helen.

— Amies ? Une fille de vagabonds, qui a été plus souvent devant le tribunal pour enfants que n'importe quelle autre ? Elle faisait déjà la putain à quinze ans ! Et c'était ton amie ?

— Elle n'y pouvait rien, Roscoe. Tu sais bien à

quoi servait l'argent qu'elle gagnait. Sa famille ne valait pas grand-chose. Ils vivaient tous de ce que la gosse rapportait.

— D'accord, la nôtre ne valait pas grand-chose non plus, dit-il, mais nous nous en sommes tirés. Une fois que j'ai eu foutu le vieux à la porte, nous nous sommes bien débrouillés. Sans que tu aies eu à faire la putain.

— Elle n'avait personne d'autre pour s'occuper d'elle, dit Helen.

— Peu importe. Elle serait tombée au ruisseau de toute façon. Elle a fini par se coller avec Bennett jusqu'au jour où elle a plongé du haut d'un toit. Une foutue camée, prête à se renverser sous le premier venu, et c'était ton amie ? »

Il me vint quelque chose à l'esprit. « J'ai entendu dire que Bennett n'aimait pas qu'on se bourre d'héroïne chez lui.

— Pieuse attitude, n'est-ce pas ? ricana Roscoe. C'est tout comme vous autres. Quand Betty Lee a plongé du haut de son toit, Bennett a eu la trouille. Il ne fallait pas salir sa petite maison… rien qui puisse lui faire choper une condamnation fédérale. Non, Bennett était rusé. Il savait se tenir à l'écart… une fois que le mal était fait. Et maintenant, voilà Helen qui ne veut pas briser les vieux liens de l'école et qui reste amie avec des bandits qu'elle aurait dû semer depuis longtemps. »

Il grimaça, les poings serrés de fureur. « Et voilà que tu rappliques. Le pire de tous. Pire que Bennett ou Sobel ou n'importe qui.

— Ne te fais pas de bile », lui dis-je.

Sa grimace se changea en sourire : « Je ne m'en fais pas. Je n'ai qu'à attendre. Les gars de ton espèce finissent tous de la même façon : ils se font effacer !

— Tu as la haine coriace, Roscoe. »

Il réfléchit un moment, puis hocha la tête. « Pas vraiment. C'est un luxe que je ne peux pas me permettre. Si j'ai de la haine, je ne peux pas rester objectif, et si je ne suis pas objectif, je ne peux pas être un bon reporter. Disons que je suis cynique et un peu amer. Mais j'ai appris la patience. Tu es en quelque sorte sur un tramway, Deep. Tu y as embarqué quand tu étais môme. Tu as choisi ta direction, tu as payé ton billet et maintenant, tu es là. C'est la grande descente, le tramway n'a plus de freins et au bout, il y a un gros butoir d'acier qui t'anéantira.

— Belle image, dis-je.

— Vous êtes tous dans le même tramway, Deep. Capone, Shultz, Nelson, Dillinger, Diamond, Bennett et toi. Pour toi, le parcours n'est pas fini. J'ai tout mon temps, Deep. Je peux préparer dès maintenant ta nécrologie et la classer jusqu'à ce que le moment soit venu de m'en servir. L'ennui, c'est de voir quelqu'un d'autre embarqué avec toi. Surtout quelqu'un qui s'embarque uniquement pour la rigolade. »

Helen comprit ce qu'il voulait dire et elle hocha la tête : « Je sais ce que je fais. Ne t'en fais pas pour moi.

— Tu sais vraiment ce que tu fais, Helen ? Tu savais ce que tu faisais en rendant Lenny Sobel amoureux de toi ? Un bandit qui a douze ans de plus. Tu savais ce que tu faisais quand Bennett t'accrochait à son bras comme un ornement pour faire la tournée des grands-ducs ? »

Elle hocha la tête sans rien dire.

« Et tu le sais encore maintenant, j'imagine. Te voilà toute ramollie devant ce sinistre individu, parce que tu as eu autrefois le béguin pour lui. »

Helen me regarda en souriant : « Voilà à quoi ça sert, un frère aîné, me dit-elle.

— Il a droit à son opinion. Il a travaillé assez dur pour cela. (Je regardai Roscoe par-dessus le bord de ma tasse.) Ta comparaison du tramway est bienvenue, mais elle a une sacrée paille.

— Vraiment ? »

Je vidai ma tasse et posai un dollar sur la table. « De toute évidence.

— Je ne vois pas, Deep. Si tu me la montrais ? »

Je me levai : « Tu viens, Irish ?

— Peut-on se retrouver un peu plus tard ? Il faut que je prenne un manuscrit chez l'impresario dans vingt minutes. Je serai libre cet après-midi.

— Alors je te téléphonerai. Au revoir, Roscoe.

— Deep…

— Quoi encore ?

— La paille dans ma comparaison ? »

Je haussai les épaules : « On peut toujours descendre du tramway quand on veut, n'est-ce pas ? »

Roscoe fit un signe négatif : « Non, Deep, pas toi. Tu es engagé jusqu'au bout. Tu ne peux pas descendre.

— Et merde ! C'est moi qui paie », lui dis-je. (Je fis un clin d'œil à Helen qui m'envoya un baiser, puis je partis.)

*

Le gardien de la bâtisse où se trouvait le K.O. Club était un vieil ivrogne qui n'avait guère changé depuis que je l'avais vu. À quarante ans, il était déjà chauve, les yeux humides, la voix geignarde. C'était lui qui allait nous chercher à boire à la boutique parce que nous n'avions pas l'âge. On le payait d'un ou deux verres, et il roupillait sur le vieux lit de camp dans la pièce de derrière.

Maintenant, à soixante-cinq ans, la peau de son crâne était toute ridée, ses yeux étaient toujours aussi rouges et son haleine était toujours celle d'un poivrot. Mais le vieux Henny Summers savait encore comment se jouait le jeu, et quand je frappai à la porte, après un bref regard, il avala sa salive et se força à sourire.

« Salut, monsieur Deep.

— Comment ça va, Henny ?

— Très bien, très bien. M. Batten m'a téléphoné pour me dire que c'est vous le patron maintenant. Vous allez me garder, monsieur Deep ?

— Et pourquoi pas ?

— Pour rien. Je fais mon boulot. J'ai toujours obéi à M. Bennett. Le nettoyage toutes les semaines, et la préparation quand il y a des réunions.

— Bon.

— Vous voulez visiter les lieux, monsieur Deep ?

— Peut-être dans un moment.

— Tout est à peu près en état. Il arrive que des mômes viennent bousiller les chaises et barboter les verres. La semaine dernière, ils ont fracturé la porte de derrière la cave. Je l'ai fermée avec des clous. Hier, un petit gamin a lancé une bouteille ici. Ça a cassé un carreau. Je lui ai mis mon pied au cul.

— Vous avez eu raison. Dites-moi, Henny, vous connaissez bien la baraque ? »

Ses sourcils s'élevèrent : « Bien sûr, monsieur Deep. J'y ai pratiquement toujours vécu.

— Bennett y venait souvent ?

— M. Bennett ? Il venait pour les réunions. Quelquefois, il faisait une petite fête. Vous savez, avec de la bière et tout ça. Il n'a jamais aimé la fantaisie. Il préférait le temps passé. Il y avait aussi de jolies nanas. Une fois, il y en a une qui est venue ici me trouver et alors…

— Est-ce qu'il venait seul ici ?

— Tout seul ? (Les coins de la bouche de Henny s'abaissèrent.)

— Oui, tout seul.

— Il passait quelquefois pour me prévenir qu'il y avait une fête. Quelquefois. D'autres fois, il me téléphonait ou il envoyait quelqu'un. De temps en temps, mais c'est déjà vieux, il arrivait avec une bouteille et on parlait du passé. Il parlait souvent de vous, monsieur Deep. Il était étonné qu'on n'ait plus jamais entendu parler de vous. M. Bennett, il pensait que vous vous étiez trouvé un bon filon et qu'un jour vous reviendriez travailler avec lui. »

Henny rit de sa bouche édentée et me montra le fond de la salle.

« Vous avez envie de revoir la cave ? M. Bennett, lui et moi, c'était là qu'on se tenait pour causer. On vidait la bouteille et on bavardait. Venez voir. »

C'était une grande pièce carrée, cimentée, avec de la poussière blanche partout et de la moisissure sur le mobilier. Henny vit que j'observais un coin vide et dit d'un ton inquiet : « C'est Cat... il a pris le vieux divan. M. Bennett le lui avait permis. Si vous voulez, je peux...

— Peu importe.

— Monsieur Deep, j'ai une bouteille, si vous voulez boire un coup ? Pour célébrer le bon vieux temps, hein ?

— Plus tard. (Je me retournai vers l'escalier.) Venez, filons. »

Henny paraissait déçu par mon attitude. « M. Bennett, il aimait bien venir ici.

— Eh bien, moi pas.

— Monsieur Deep, qu'est-ce que je dois faire pour tout ce que M. Bennett avait commandé ?

— Quoi donc ?

— Cinquante caisses de bière d'importation, et toutes les caisses de whisky. Le type de la National Distributing voulait savoir où faire la livraison.

— Je n'en sais rien. C'était destiné à quoi ? »

Henny haussa exagérément les épaules. « Est-ce

qu'on me donne des détails ? M. Bennett voulait fêter quelque chose. Il m'a dit de préparer la grande salle. Je lui ai demandé pour les bouteilles, et il m'a dit qu'il s'en occuperait lui-même. Vous connaissez M. Bennett… ce n'est pas lui qui laisserait traîner des bouteilles. Il apportait toujours ce qu'il fallait lui-même.

— C'était quand ?

— Le jour même où il a été tué. Vous pensez que je dois leur dire de ne pas livrer ? J'imagine qu'il n'y aura plus de fête maintenant. Zut, je ne sais même pas de quoi il s'agissait. M. Bennett m'avait simplement dit qu'il avait une grande surprise pour tout le monde.

— Eh bien, il n'y aura plus de fête à présent. Dites à la National Distributing d'annuler la commande.

— D'accord, monsieur Deep. »

Je fis rapidement le tour de la bâtisse, avec Henny sur mes talons, qui donnait son avis sur tout d'une voix geignarde, en se demandant si j'allais le garder à mon service.

Quand je lui eus affirmé qu'il resterait, il cessa de geindre et me suivit sans bruit.

En bas, je lui demandai : « Bennett avait-il un coffre-fort dans le bâtiment ?

— Un coffre ? Non, monsieur. Quand il y avait des papiers, comme après une réunion par exemple, il les emportait. Il n'a jamais rien laissé ici. »

C'était assez logique. Tout le monde pouvait entrer dans la baraque sans difficulté, y compris les gosses. Et même si quelqu'un avait pu penser qu'il y eût des papiers ou autres cachés dans le local, on pouvait toujours y mettre le feu pour les supprimer.

Non, si Bennett avait planqué des documents, c'était dans un endroit à l'abri du feu, du vol ou de tout autre danger.

Seulement, dans ce cas, j'étais convaincu qu'il m'aurait laissé un tuyau.

Il n'y aura que toi et moi, Bennett, avais-je dit. Pourquoi diable couper le patelin en deux, alors qu'il est tout juste assez grand pour l'un de nous ? On ne sera pas toujours des mômes, bon Dieu ! On a déjà canardé le cul de Sobel. Bientôt, on parlera assez fort pour que tout le monde nous entende.

T'as foutrement raison, Deep ! Personne n'a plus d'ambition que moi. Bien sûr. Pourquoi se faire la concurrence ? Il y a d'autres villes, d'autres filons. Si l'on reste ici, on ne tardera pas à se taper sur la gueule. Ça vaut le coup ? Merde alors, non ! Alors, on se sépare. On joue à pile ou face et le perdant fout le camp et se trouve une autre crèche. Ça, c'est du billard, mon pote. Pas de sang répandu dans la famille. Les K.O., ce n'est pas comme les autres clubs. On a signé avec notre sang.

T'as foutrement raison, Bennett !

Bon. Qui c'est qui va lancer la pièce ?

Réveille ce pochard d'Henny. Ça sera lui.

Il avait réveillé Henny, qui avait lancé la pièce. Elle était retombée pile. J'avais perdu. On s'était serré la main solennellement, et j'étais parti à la recherche de mon propre terrain de chasse. Et je n'étais jamais revenu, jusqu'à présent.

Distraitement, je demandai : « Henny, vous rappelez-vous quand nous avons joué à pile ou face ? »

Il me regarda, l'air toujours aussi distrait. Il ne savait même pas de quoi je parlais. Je lui donnai cinq dollars et me plantai au bord du trottoir. Quand le taxi arriva, je donnai au chauffeur l'adresse de Batten.

*

Batten était renversé dans son fauteuil. Il tourna la tête à notre entrée. La secrétaire qui m'avait suivi s'excusa : « Monsieur Batten, il ne m'a pas laissée vous prévenir. »

Wilse fit un signe d'acquiescement, la fille me sourit et referma la porte.

« Que puis-je faire pour vous ? me demanda-t-il.

— Me parler de Bennett.

— Ah ! Bien sûr.

— Avait-il un coffre quelque part ?

— Vous cherchez toujours, Deep ?

— Il faut bien creuser pour trouver de l'or.

— C'est aussi comme ça qu'on ramasse du plomb.

— Ne jouez pas les sphinx, mon vieux. »

Ses yeux se fermèrent à demi. « Je n'y tiens pas. Je croyais qu'un homme aussi direct que vous aurait compris.

— J'ai compris. Mais parlons net, maintenant. »

Il esquissa un geste vague.

« Bennett a-t-il jamais fait allusion devant vous au moyen de pression qu'il avait sur tout le monde ?

— Jamais.

— Vous étiez son seul conseiller juridique ?

— Le seul.

— Et vous saviez, naturellement, comment Bennett opérait ? »

Batten se pencha sur son bureau.

« Ne disons rien d'aussi précis. D'après certaines idées que j'avais, j'ai entrepris une longue étude. Je vois d'ailleurs que vous avez abouti à la même conclusion.

— Pas difficile. On me l'a assez fortement soufflée.

— Eh bien, disons que ce n'est pas un sujet courant de conversation. On ne discute de certaines gens qu'en privé et à voix basse. Et même comme cela, on ne sait trop qui peut avoir entendu. Le mieux à faire, c'est de ne pas bouger.

— Pas mon genre.

— Vous risquez mieux d'être du genre "mort et enterré".

— Parlez-moi plutôt de Bennett. »

Il se tut quelques instants, plongé dans ses réflexions ; puis il me dit : « À moins de bien le connaître, on ne se serait jamais aperçu qu'il était un peu demeuré.

— Demeuré ! m'écriai-je.

— Mais oui, demeuré. Son idée de la vie était plus celle d'un gamin que celle d'un adulte. Vous avez visité son appartement. Vous savez combien il se raccrochait au passé. Réfléchissez et voyez comme il a préparé les choses pour votre retour. Votre ancien ami était mentalement retardé.

— Il ne s'est pas mal débrouillé pour un enfant arriéré.

— Sans aucun doute. Il avait la ruse des enfants, que les adultes perdent. Il avait la méchanceté de l'enfant et des tendances criminelles bien établies qui lui ont été d'un grand secours. Voilà ce qui a mené Bennett en haut de l'échelle. Il attaquait la vie sous un angle inattendu que personne d'autre qu'un gamin n'aurait envisagé. C'est comme cela qu'il a possédé certaines personnes par surprise. Avant qu'elles aient compris, Bennett tenait la queue de la poêle.

— Cela ne ressemble pas aux agissements d'un demeuré.

— Non. Je vous ai dit qu'il avait des tendances criminelles. Bennett n'était pas un *enfant* arriéré… mais un adulte arriéré. Un adulte criminel. Voilà, Deep, le portrait ébauché, grossier, mais ressemblant, de M. Bennett tel que je le vois. Et vous devriez également le voir ainsi.

— Cela m'est plus difficile. Je ne l'ai connu qu'adolescent.

— Une chance pour vous. »

J'approchai un fauteuil du bureau et me penchai sur le bras. « Donc, Bennett a collectionné des renseignements spéciaux et les a brandis au-dessus de la tête de certaines gens. Et maintenant, la question cruciale : où les gardait-il ? »

Batten s'adossa et contempla le plafond. « Je voudrais bien le savoir. Vraiment.

— Qu'est-ce que vous en feriez ? »

Ses yeux se portèrent sur moi. « C'est simple. Je me ferais un tas d'amis. J'en ferais cadeau aux intéressés et je n'aurais plus qu'à bénéficier de leurs largesses. Tout cela bien légalement, en se remerciant mutuellement. Il ne m'en faudrait pas plus. »

Le téléphone sonna. Batten écouta, fronça les sourcils et me tendit le combiné. C'était Cat, qui n'avait pas encore retrouvé Lew James ; mais il n'avait pas encore fait le tour des planques possibles. Il était arrivé au Westhampton après les flics et n'était guère plus avancé qu'eux. Moyennant dix dollars, l'employé du bureau, qui détestait la police, avait pensé qu'il pourrait se rappeler un numéro de téléphone qu'un des deux tueurs avait appelé. Il n'en était pas tout à fait sûr, mais il savait que cela lui reviendrait au bout d'un temps, parce que le numéro avait un certain rythme. En attendant, Charlie Bizz faisait le tour des toubibs qu'un mec blessé d'une balle pouvait aller trouver sans craindre d'être signalé.

Wilson Batten paraissait curieux, mais je ne lui dis rien. Je reposai l'appareil : « En supposant que vous deviniez avant moi où Bennett a planqué les renseignements, Batten ? » demandai-je.

Il répondit sincèrement : « Dans ce cas, je vous le dirais. Parce que, voyez-vous, je vous considère aussi comme un détraqué, et je vous crois rusé, comme tous les détraqués, dans certains domaines. Si je réussissais, vous y parviendriez aussi, et je préfère ne pas vous avoir aux trousses avec votre flingue que de jouir des avantages que pourrait me valoir ma découverte. Après tout, la vie est plus précieuse que l'argent.

— Continuez à le penser, mon vieux. Vous raisonnez puissamment... sauf en ce qui concerne la première partie.

— En disant que vous êtes détraqué ?

— Oui.

— Cela vous dérange ?

— Pas le moins du monde.

— Le temps en fera la preuve. »

Je fis signe que oui. « Vous avez des projets immédiats ?

— Rien que je ne puisse remettre.

— Bon. Alors, restez dans votre fauteuil. Je pourrais avoir besoin de vous en vitesse.

— J'attendrai », dit-il.

XI

Je retrouvai le bout d'enveloppe sur lequel Helen avait inscrit son numéro, et l'appelai d'un drugstore dans la rue de Batten. Elle habitait une résidence vers la 70e Rue Est. Elle me pria de venir le plus vite possible. Je lui dis de préparer à manger et de m'attendre dans une vingtaine de minutes.

Elle était plus belle que jamais. Une robe d'intérieur de velours noir s'harmonisait avec sa chevelure de panthère noire, et un filet écarlate était assorti à ses lèvres humides.

Et grande. Grande et belle. Elle se tenait sur le seuil, une jambe dégagée de la robe de velours qui se moulait à sa cuisse ronde de façon plus excitante que la nudité. Elle n'avait pas besoin d'un grand décolleté pour faire ressortir la splendeur de sa poitrine.

« Je suis reçue à l'exam ? » me demanda-t-elle en souriant.

Je lui souris, elle me prit par le bras pour me faire entrer.

« Je ne voulais pas être impoli, lui dis-je. C'est que j'ai toujours eu un faible pour les mômes, quand elles sont grandes et bien roulées. Et puis, le noir, ça me fait quelque chose.

— C'est voulu. Et pour te faire encore plus de choses, me permets-tu de t'indiquer que je ne porte rien en dessous ? »

Je balançai mon galure sur la table et m'assis. « Des suggestions, toujours des suggestions, et jamais rien de tangible ! »

Elle me tira la langue, ouvrit un bouton et écarta les pans de sa robe comme des ailes de chauve-souris. Ce fut une incroyable vision en noir et blanc, avec des courbes et des surfaces planes, des creux émouvants et des colonnes élancées. Tout aussi vite, les ailes se refermèrent.

Je me levai, tout décontenancé. « Bon Dieu ! Irish, ne refais jamais ça ! » (J'en avais la bouche sèche.)

Elle ne recula pas. Elle fit un pas en avant et me prit la figure entre ses mains. « Et pourquoi pas, Deep ? »

De me sentir les guibolles flageoler devant une

nana, c'était nouveau. J'en avais eu, des bonnes femmes… et beaucoup. J'en avais eu des grandes, des belles, mais jamais comme celle-là.

Je n'osais pas la toucher. Je n'osais pas le risquer. Je voulais la repousser, mais je savais bien que si je lui collais la patte dessus, cela ferait explosion. Et je ne pouvais pas me permettre les émotions entre les repas.

« Deep…

— Tu me l'as déjà dit, ma chatte. Je suis un vrai poison. Et personne ne le sait mieux que toi.

— Cela pourrait changer. »

Quand je fus enfin en état de respirer normalement, je rentrai le ventre et me reculai. « Il vient de me passer quelque chose dans le crâne, Irish. »

Elle comprit ce que je voulais dire. Elle parut se replier un instant, mais quand elle se détourna, elle avait les yeux humides.

« Tu veux dire qu'avant j'aurais donné n'importe quoi pour te voir crever ?

— Exactement.

— Et tu crois que c'est pour ça que…

— Je ne sais pas. Tu es comédienne de métier. Comme critique, je ne suis pas fortiche. Il y a des moments, je ne sais plus où j'en suis. »

Helen se retourna avec un gentil sourire. « Je ne

te crois pas, Deep. Tu connais mes sentiments et moi les tiens. Je peux te parler franchement ? »

Je fis un signe affirmatif.

« Je t'aime, Deep. »

Elle me dit ça tout tranquillement, avec dignité, comme si elle y avait pensé toute sa vie.

« Est-ce que cela se passe toujours de la même façon, Irish ?

— Je ne sais pas. C'est la première fois pour moi.

— Il faudra qu'on en reparle. Plus tard. »

Son visage s'assombrit un peu. Elle croisa les bras.

« Aurons-nous un “plus tard”, Deep ?

— Pourquoi pas ?

— Tu veux tuer quelqu'un. Tu sais ce qui t'arrivera. »

J'ouvris mon veston. Comme Hurd, elle porta les yeux à ma ceinture. Elle se rapprocha lentement, sa bouche avide se tendit vers la mienne, ses bras m'encerclèrent. La chaleur de son corps me parvenait à travers les plis souples de sa robe. Je savourais encore ses lèvres qu'elle s'était déjà écartée.

« Nous avons encore une bonne chance, Deep. On réussira ?

— On réussira.

— Alors, nous aurons un “plus tard” ?

— Et qui durera longtemps.

— Tu as faim ?

— De toi.

— Tu es venu ici pour manger, tu te rappelles ?

— Tu feras l'affaire comme hors-d'œuvre ! »

Elle rit du fond de la gorge. « Plus tard. » Elle renversa la tête pour m'embrasser. « Mais pas trop tard, chéri. »

*

Ce fut une soirée de bavardage et d'évocation du temps où tout était pire et meilleur à la fois. Elle me demanda pourquoi je ne m'étais pas marié et je lui dis que je n'en avais jamais eu le temps… ou que je n'avais pas trouvé la femme idéale. Je lui posai la même question et elle me répondit à peu près la même chose.

En prenant le café, je lui demandai : « Dis-moi, Helen… avec tout ce que tu savais de notre quartier, pourquoi y es-tu revenue ?

— Que veux-tu dire ?

— Pour être l'amie d'un dégueulasse comme Lenny Sobel ? »

Elle détourna un instant les yeux. Elle se leva pour remplir sa tasse. « Je ne sais comment t'expliquer.

— Tu n'y es pas forcée, mon petit.

— Ce n'est rien de ce que tu penses.

— Écoute, Irish, je ne me suis jamais mêlé de tes affaires, ce n'est pas pour m'y mettre maintenant. Tu ne me connais pas et je ne te connais pas. Il y a un trou de vingt-cinq ans dans nos vies, et ça, petite, ça peut compter. Tu avais ta vie à mener. La seule chose qui m'intéresse, c'est l'avenir. Alors, que tu me racontes ou pas, cela ne changera rien pour moi. »

Elle sourit en plissant les yeux de plaisir. « Je t'aime bien, Deep. Mais une fois de plus, ce n'est pas ce que tu penses. »

Je haussai les épaules et sirotai mon café.

Son expression changea. Elle se tassa sur son siège, perdue dans ses pensées. Quand elle fut prête, elle me dit : « Je ne voudrais pas que tu me prennes pour une imbécile. »

J'attendis.

« Les croisades, c'est assez marrant. Tu es venu en croisé pour démolir le meurtrier de ton ami. Roscoe en mène une aussi, il se fait la conscience de la ville, il n'a peur de rien et il fait de son mieux pour la débarrasser de tout ce qu'il déteste… les taudis, la pauvreté, le crime… les choses parmi lesquelles il a vécu. Et moi, j'avais aussi ma petite croisade.

— Tu “avais” ?

— Elle me semble un peu ridicule à présent.

Betty Ann Lee et moi, nous étions amies, comme toi et Bennett. Malheureusement, Betty Ann avait des problèmes qu'elle ne savait résoudre que d'une façon, et chaque jour elle s'est enfoncée davantage. Je l'ai vue vendre son corps à tous les voyous du quartier. Elle était rudement jolie, et, au début, réservée uniquement aux caïds, et là encore, Lenny Sobel avait la priorité. De lui, elle est dégringolée de type en type jusqu'à Bennett.

— Mais Bennett était un chef, coupai-je.

— Pas avec les femmes. Incapable de tomber même la plus moche. Il n'avait qu'un moyen, les acheter. Non, c'était peut-être un caïd, mais avec les filles, zéro. »

Cela concordait avec les observations de Batten. Pour moi, c'était dur à concevoir, mais je n'avais jamais connu l'homme qu'était devenu Bennett.

« Bennett avait toujours eu envie de Betty Ann. Elle refusait de le fréquenter. Mais quand il n'y en a plus eu d'autres, il a vu le moyen d'arriver à ses fins. Dans l'état de Betty Ann, c'était un jeu de la mettre à la came. Il y avait des années qu'elle fumait la marijuana, et c'était simplement un plaisir différent. Bennett l'y a accoutumée, et c'est comme ça qu'il se l'est attachée, jusqu'au jour où elle a grimpé sur un toit pour faire le grand saut.

— Moche.

— Pas pour elle. La mort a été un soulagement. Mais pour moi… ç'a été un rude choc. Je voulais… me venger, je pense. Je voulais faire quelque chose pour arracher des vermines comme Sobel et Bennett du dos de pauvres gens comme Betty Ann et Tally. Pour moi, pas de difficulté. J'ai simplement laissé Lenny Sobel… me fréquenter, et j'ai usé de son… amitié pour manier la matraque quand il le fallait.

— Par exemple ?

— Pour les évictions de locataires, par exemple. De vieux amis étaient sur le point d'être mis sur le pavé par un propriétaire trop rapace. Un mot de Lenny, et le proprio devenait bon et généreux. Il y avait aussi des gamines en difficulté. Lenny pouvait agir et faire prendre la fuite aux petits aspirants maquereaux qui voulaient opérer dans le quartier.

— En tout cas, ta croisade avait de nobles ambitions.

— Ce n'était qu'un commencement. En réalité, c'était à Bennett que j'en voulais réellement. Il était responsable de la mort de Betty. À l'époque, je croyais que c'était Lenny le plus fort et je voulais qu'il corrige Bennett. J'ai vite compris mon erreur. Lenny n'aurait pas touché Bennett. Et personne d'autre non plus. En langage poli mais ferme, Lenny m'a dit de rester à l'écart de Bennett, et c'est alors que j'ai compris qui tenait les commandes.

— Et Sobel a le béguin pour toi. »

Avec une fierté toute féminine, elle rectifia : « Il est amoureux de moi.

— C'est assez normal.

— Mais il a su se tenir à sa place. Il a su se contenter de ma compagnie, parce qu'il a compris qu'il n'avait rien d'autre à espérer. Alors, Bennett, j'en ai fait mon affaire personnelle. Je me suis arrangée pour le voir, de temps en temps d'abord, et plus souvent les derniers temps. Il m'a fait des cadeaux, il a financé en partie la pièce où je jouais. Il laissait tomber tout le reste quand j'acceptais de le rencontrer. Et puis il est mort.

— Qui l'a tué, Helen ? fis-je doucement.

— N'importe qui ! Il tenait tout le patelin dans sa main. Cette espèce de serpent faisait tout ce qu'il voulait.

— Réfléchis sérieusement.

— Un des hommes sans visage.

— Les manitous ?

— Oui.

— Je ne le pense pas. »

Elle parut intriguée. Je lui expliquai : « Je repense à ce que j'ai vu à mon arrivée… tous les puissants…

les Hugh Peddle, les gens de la haute, les représentants mêmes de l'Organisation, en flanelle grise.

— À la réunion ?

— Tout juste. Ils écoutaient tout tranquillement Benny Mattick qui se proclamait roi. Les puissants, les riches, les gangsters… ils étaient tous là à écouter ce demi-tordu de Benny-de-Brooklyn qui s'emparait du club, et ils ne pipaient pas.

— Mais Benny…

— … est un rien-du-tout, je sais. Seulement, l'autre soir, il était en conférence avec Hugh Peddle.

— Où veux-tu en venir, Deep ?

— Je crois que Benny a laissé entendre qu'il était le détenteur des papiers dangereux que Bennett utilisait pour serrer la vis à tout le monde.

— Et tu crois que c'est lui qui a tué Bennett ?

— Benny n'était qu'un merdeux. Et Bennett avait tous les moyens de l'intimider, sans recourir au chantage. Benny avait fait partie de la vieille bande. Il n'avait rien à perdre à supprimer Bennett, surtout s'il savait où étaient cachés les papiers. Même s'il l'ignorait, il occupait la position voulue pour donner du poids à ses menaces. Personne n'a osé démolir son bluff, parce qu'il était très possible qu'en tant qu'ancien membre des K.O. il ait joui de la confiance de Bennett, et que ce dernier en ait fait son héritier partiel en cas de mort. Le prétendu testament de Bennett m'a laissé, à moi son vieux copain, de l'argent, des biens, etc., mais sans faire mention d'un dossier spécial. Ce dossier a peut-être été légué à quelqu'un d'autre.

« Alors Benny a tenté le grand coup. Il a peut-être tué Bennett. Il a voulu s'emparer du pouvoir. Malheureusement, je suis arrivé. Et c'est moi qui ai démoli son bluff. Après cela, il se trouvait pratiquement la culotte en bas des jambes. Je commence à concevoir qu'il ait pu faire venir une paire de tueurs pour me descendre. Astucieux ! »

Elle était étonnée. C'était une idée toute neuve pour elle. « Alors… tu penses… que c'est Benny Mattick ?

— Je n'en sais rien, dis-je. Allons le lui demander. »

*

Benny habitait dans une maison de pierre brune transformée en appartements, non loin de la 3e Avenue, dans un quartier condamné à une démolition prochaine. Six maisons à l'extrémité est de la rue avaient déjà été évacuées, et deux complètement rasées. Un bulldozer dégageait les débris, entassant les briques d'un côté et les poutres de l'autre. Deux ouvriers s'attaquaient à une énorme plaque de ciment, avec des marteaux-piqueurs.

En bon célibataire, Benny occupait l'appartement du rez-de-chaussée. Il n'y avait pas de nom sous les deux autres boutons de sonnette. Je sonnai à celle de Benny, resonnai, essayai les boutons anonymes, sans résultat. Je ressortis pour jeter un coup d'œil aux fenêtres des étages. Elles étaient vides, sans rideaux. Ou Benny avait loué toute la baraque, ou les autres locataires avaient filé avant la démolition.

« Qu'est-ce qu'on fait ? me demanda Helen.

— Je ne veux quand même pas être venu pour rien. »

Elle m'observa pendant que j'ouvrais la porte d'entrée à la bonne vieille manière. D'un coup de pied, je fis sauter la serrure et éclater le bois. La porte de l'appartement de Benny était à droite dans le couloir. J'y frappai du poing au cas où la sonnette extérieure aurait été détraquée.

En dehors des bruits étouffés qui nous parvenaient du chantier de démolition, la maison était totalement silencieuse. Je n'y allai pas par quatre chemins : un second coup de pied s'imposait.

J'entrai, portant automatiquement la main à ma

ceinture pour prendre mon arme, qui malheureusement n'y était plus.

J'aperçus Benny, et je poussai Helen à l'instant même où un pistolet crachait dans l'ombre, d'un coin de la pièce. Helen alla s'écraser contre le mur, à l'abri d'un renfoncement, juste suffisant pour elle. Je me jetai à plat ventre, roulai, sentis ma main se refermer sur le pied d'une petite table que je balançai dans la foulée. Il y eut encore deux détonations. Les balles s'enfoncèrent dans le plancher à l'endroit où je m'étais trouvé juste avant, puis j'entendis des pas précipités dans l'autre pièce, et une porte qui claquait. Je me relevai.

Il faisait trop sombre. Mes yeux n'étaient pas encore accoutumés aux ténèbres, et j'avais dans les prunelles l'éclat jaune laissé par les flammes du pistolet. À tâtons, je trouvai la porte de communication et la franchis. Une fenêtre était ouverte sur le crépuscule. Je courus le risque de me faire emporter la tête en regardant au-dehors.

Rien. Une cour déserte qui desservait encore une douzaine de bâtisses. Une jungle de terrain vague.

Inutile de courir après le type. Je retournai dans la première pièce, trouvai l'interrupteur et donnai de la lumière. Helen, le souffle coupé, était toujours tassée contre le mur. Je lui pris la main pour la relever. Alors elle vit Benny Mattick.

Elle écarquilla les yeux devant la mort et ses ongles s'enfoncèrent dans mon poignet.

Elle ne voulait pas y croire. « Est-il…

— Tout à fait », dis-je.

Penché sur lui, je regardais ses yeux fixes entrouverts. Il avait dans la poitrine, au-dessus du cœur, deux trous rapprochés. Il était mort si vite que peu de sang s'était répandu.

« Tu as vu… qui c'était ? »

Helen tremblait à présent, la main devant sa bouche.

« Non, je n'ai pas réussi.

— Qu'allons-nous faire ? (Sa voix laissait percer son inquiétude.)

— Attends une minute, que je réfléchisse.

— La police…

— Non. Pas encore. Il me faut du temps. Bon sang, nous ne pouvons pas être mêlés tous les deux à un second meurtre ! »

Je repensai au facteur temps. Benny n'était mort que depuis quelques minutes. On l'avait peut-être abattu juste avant notre arrivée. Si l'assassin n'avait pas utilisé de silencieux, les détonations avaient de toute façon été étouffées par le vacarme des démolitions au bout de la rue. En tout cas, le type n'avait guère eu le loisir de faire plus que lâcher ses deux pruneaux dans le coffre de Benny.

Sans perdre de temps, je parcourus l'appartement en repérant tous les coins où Benny aurait pu cacher quelque chose. Il n'avait jamais eu beaucoup d'imagination et il n'était pas assez intelligent pour trouver de l'inédit. Si des documents avaient été cachés chez lui, je les aurais trouvés. Derrière la fausse cheminée, il y avait deux pistolets Banker's Special couverts de poussière ; et un Colt Cobra dans un étui d'épaule démodé sous le double fond du dernier tiroir de sa commode. Trois mille dollars en billets de cent dans la pochette d'une valise.

Mais rien de ce que je cherchais. Rien du tout.

Helen, le dos tourné au cadavre, s'efforçait de maîtriser ses nerfs. Je lui dis : « Il n'y a rien. »

Elle ne comprit pas.

« Personne n'a fouillé l'appartement, expliquai-je. Le type n'est venu que pour une raison… supprimer Benny.

— Deep… (Elle serrait convulsivement les mains.) On va croire que c'est toi.

— Ne t'en fais pas. Personne ne sait rien encore. C'est du boulot de professionnel, mon petit, et personne ne dira rien.

— Mais quelqu'un du dehors l'a peut-être vu… ou nous ?

— Les gens ne réagissent pas devant ce qui est naturel. En plus, la rue est à moitié évacuée. Si nous sortons d'ici tout naturellement, il y a des chances que personne ne nous remarque. Écoute… il faut que je passe un coup de fil.

— Fais vite, je t'en prie. Je ne veux pas rester seule… avec… cela.

— Attends-moi dans le vestibule. Une minute seulement. »

Le téléphone était sur une table, près d'un fauteuil. J'appelai Wilse Batten. Cat lui avait transmis un numéro que je devais rappeler. Je pris l'annuaire, trouvai le numéro du *delicatessen* de Hymie et réclamai Roscoe à l'appareil.

« Ici Tate, fit-il.

— Ici Deep. J'ai une histoire pour toi, mon ami.

— Je ne te demande pas de faveurs.

— Celle-ci te fera plaisir. Benny-de-Brooklyn s'est fait descendre. Je te téléphone de chez lui.

— *C'est toi*, Deep ? fit-il sans oser y croire.

— Joue pas au con. Je l'ai trouvé mort. »

Roscoe s'anima. « Quelle veine ! Ils dégringolent tous tôt ou tard quand tu rappliques. Hurd va être bien content. Je ne pense pas que tu l'aies prévenu ?

— Non, et à ta place, je me tiendrais tranquille. Irish est avec moi, et si tu ne veux pas lui attirer d'ennuis, tu feras bien de jouer serré.

— Salaud !

— Écrase !

— Bon. Je t'écoute. Tu dois avoir une idée.

— Je veux ! Il faut que le cadavre soit découvert. Tu pourras raconter que tu étais venu interviewer Benny et que tu l'as trouvé clamecé. T'en fais pas, personne ne nous verra. Et tâche de fermer ta grande gueule ! »

Roscoe coupa sans répondre.

J'essuyai soigneusement le combiné, examinai le plancher et le mur. Rien ne pouvait indiquer que nous avions passé par là. J'allai rejoindre Helen.

La rue était calme à présent. Les ouvriers avaient fini leur journée. Il faisait presque nuit. Nous descendîmes le perron, prîmes à l'ouest jusqu'à la 3e Avenue et parcourûmes six longueurs de rues avant que je fasse signe à un taxi.

Helen n'arrêtait pas de frissonner. Je donnai son adresse au chauffeur.

Une fois chez elle, je lui fis prendre deux comprimés d'aspirine. Je lui dis de se coucher et d'attendre que je téléphone. Je lui mis une couverture sur les jambes, l'embrassai et passai la main dans ses cheveux noirs.

En s'étouffant à moitié, elle me dit : « Je t'en prie, Deep... ne fais... rien...

— Ne t'en fais pas, mon petit.

— Quoi que tu fasses... cela peut tout gâcher.

— Je ferai attention. »

Elle hocha la tête d'un air désespéré, dans le tourbillon de ses cheveux. « Ne fais rien du tout. Je t'en prie, Deep. Nous avons tellement de choses devant nous. Tout l'avenir... pas de nuages noirs. Nous pourrons quitter la ville... si tu veux bien ne pas faire d'imprudences.

— Chérie... »

Elle interpréta mon expression. « Tout ce qu'il te faut, c'est un revolver au poing, et que tu t'en serves. Alors, c'est fini pour nous deux. Tu le sais, hein ? »

Je ne trouvai rien à répondre.

« Tu as quelque chose en tête ? » insista-t-elle.

Je lui dis qu'il me fallait encore quelques réponses et qu'alors je verrais comment m'attaquer à la situation.

Cela parut la satisfaire. Elle me lâcha la main à regret et s'enfonça la figure dans l'oreiller.

J'appelai le numéro que Cat avait communiqué à Batten. On répondit immédiatement. « Cat ? » murmurai-je.

Il paraissait essoufflé. « Mince, Deep, où étais-tu ?

— J'étais occupé. D'où parles-tu ?

— Tu connais le Welshman's Bar ?

— Oui. (C'était dans Lexington Avenue, à hauteur de la 40e Rue.)

— Il y a un moment que j'attends, vieux. Si tu veux trouver Lew James, tu feras bien d'arriver.

— Où l'as-tu déniché, Cat ?

— C'est pas moi. C'est Charlie Bizz. Tu lui as fait un grand trou dans le muscle entre le cou et l'épaule, et il a été obligé d'aller voir un toubib. Charlie Bizz a appris lequel. C'est Anders. Tu te rappelles ? Celui qui a été inquiété pour trafic de stupéfiants il y a cinq ans, mais qui s'en est sorti ?

— Je vois.

— Eh bien, il était quand même coupable. C'est un gars de l'Organisation. Alors Lew James est allé le trouver. Tu piges ?

— Oui, c'est un coup de l'Organisation. Grosse histoire. Où est-il pour le moment ?

— Au coin de la rue, dans un meublé. Au 224. Il y est venu directement de chez le toubib. Ce doit être une planque qu'Anders a pour ces cas-là. Bizz l'a filé tout du long et j'ai pris la suite. Viens, et tu chopes le mec.

— Laisse-moi vingt minutes. Écoute… ça commence à remuer. Benny Mattick a été effacé.

— Benny ? Mince, Deep, qui c'est…

— Ça me paraît un coup de la bande. Benny n'a pas réussi à les bluffer quand il a voulu prendre le pouvoir. Tu te rappelles la réunion chez Bimmy ? Tu sais qui c'était, ces gars-là ?

— Oui. Les grands. Les représentants de l'Organisation.

— Il y a des chances que Benny essayait de les intimider. Il aurait encore pu les convaincre, mais on est arrivés. Quand Benny s'est dégonflé, il a signé son arrêt de mort. »

Cat gloussa. « On peut pas dire qu'on fait les choses à moitié. Plus de couillonnades de gosses. Tout en haut de l'échelle. Mince, Deep, quand je pense à toutes les fois qu'on a barboté des pommes dans les voitures des petits marchands… et maintenant ça ! (Il éclata de rire et se mit à tousser.) Si je vis jusqu'au bout de l'histoire, ça vaudra le coup.

— Arrête de fumer, et tu y arriveras. Bon. Reste là. J'arrive le plus vite possible. »

*

Le barman avait effectivement vu le type dont je lui donnai le signalement. Le gars rentrait et sortait sans arrêt. Il buvait un bock à chaque coup et paraissait attendre quelqu'un. Il y avait maintenant dix minutes qu'il était sorti et il n'était pas encore revenu.

Je compris ce qu'il s'était passé. Cat surveillait le meublé de temps à autre pour être certain que ce n'était pas une fausse planque et que Lew James n'avait pas changé de secteur. Je me décidai à lui accorder encore cinq minutes.

Il n'arrivait toujours pas.

J'avais de nouveau cette impression de coup fourré. Je lançai un dollar sur le bar sans attendre ma monnaie. Il m'avait dit au 224, un meublé juste après le coin.

Après quel coin, bon Dieu ?

Le coin sud était le plus proche. Mais il n'y avait pas de n° 224 à proximité. Je revins au pas de course, en faisant retourner les gens. Je suivis les maisons à l'autre coin, mais j'étais du mauvais côté. Le 224 était en face de moi, une maison sans visage dans un quartier sans visage. Une pâle lumière jaune s'échappait d'un soupirail, sur le devant, et derrière les rideaux, on distinguait vaguement une bonne femme lisant le journal. Les étages étaient sans lumière.

Pas plus de Cat que dans ma paume. La seule chose qui me vint à l'esprit, c'est que Lew James avait filé et que Cat le pistait. Il fallait m'en assurer.

D'un bond, j'escaladai les six marches du perron. Je m'arrêtai dans le vestibule et je compris tout de suite qu'il se passait quelque chose.

Les souliers de Cat étaient côte à côte près de la porte.

Des détonations déchirèrent la nuit et un cri d'homme s'interrompit brusquement.

Je franchis la porte sans chercher à passer inaperçu. Je hurlai : « Cat ! » Il me répondit d'en haut : « Ici, Deep ! »

Une balle s'écrasa contre le mur au-dessus de moi, en écaillant le plâtre. Du verre se brisa, il y eut encore une détonation isolée au moment où j'atteignais le palier. Je plongeai dans les ténèbres d'une porte, droit devant moi.

Un gémissement à quelques pas. « Cat ? fis-je.

— Là-haut… sur le toit. Par-derrière. Chope-le, Deep. »

En poussant un juron, je me précipitai à travers les pièces. Une table qui se trouvait sur mon chemin vola en éclats contre un fauteuil. Mes yeux s'étaient accoutumés à la pénombre, et je repérai la porte ouverte qui menait à l'escalier. La plupart des maisons n'ont qu'un escalier, mais celle-ci avait été transformée. Je grimpai le dernier étage et m'immobilisai sur le seuil. Je n'allais pas me transformer en pigeon sur un toit. J'ôtai ma veste et la jetai par la porte. Un coup de feu partit d'un côté et la balle atteignit ma veste au vol.

Je ne lui laissai pas le temps de se reprendre. Je jaillis de l'écoutille, coupai à gauche et ne m'arrêtai pour tendre l'oreille qu'une fois abrité par le coin de l'écoutille.

En bas, quelqu'un hurlait, mais ici, sur le toit, régnait un calme de mort. J'ôtai mes chaussures, puis contournai l'entrée de l'escalier. Le gravier m'entrait dans les pieds comme de petits couteaux, mais je le sentais à peine.

Je me faufilai par les recoins les plus sombres et, quand j'eus trouvé la position voulue, je m'accroupis de façon à avoir les yeux à la hauteur des murettes qui séparaient les toits des diverses maisons. En toile de fond, les lumières de Manhattan clignotaient, en lignes innombrables et à l'infini, que rien ne brisait.

Soudain, les lignes lumineuses se brisèrent. Un faible mouvement brouilla la rangée inférieure des fenêtres du gratte-ciel Lever. Je souris, rampai dans l'ombre jusqu'à la murette, par-dessus laquelle je me laissai tomber. J'étais derrière lui. Il ne pouvait pas se permettre d'attendre indéfiniment. Le temps travaillait contre lui. On avait entendu les détonations et il n'avait que quelques minutes pour s'enfuir… mais des minutes, cela peut suffire.

Je rappliquai en vitesse, mais je n'étais pas Cat. Il m'entendit quand je n'étais plus qu'à trois mètres, poussa un cri étouffé, pivota et tira d'un seul mouvement. La balle me siffla à l'oreille et ricocha derrière mon dos. Il n'eut pas le temps de tirer une seconde fois. Je plongeai sous son bras tendu et le projetai contre le parapet de tout mon élan et de tout mon poids. Je vis son pistolet décrire une courbe et retomber dans la rue. Il poussa un juron et se débattit. Il réussit presque à se dégager.

D'un coup de pied, je le jetai au sol. Nous nous relevâmes ensemble. Il était fortiche. Il ne fonça pas. Il laissa venir. Puis il feinta et me porta une droite à la tête. J'abaissai volontairement ma garde, ramenai le bras en arrière comme pour lui assener un swing. Il crut qu'il m'avait. Il déclencha un direct à m'arracher la cafetière, mais elle n'était plus là. Le coup passa au-dessus de moi, et je le cueillis d'un uppercut qui le fit décoller du sol. J'étais de nouveau prêt à cogner, mais il s'accrocha, posant son visage presque contre le mien.

Alors je le reconnus. C'était Artie Hull, un bagarreur de l'Organisation. Les morceaux du puzzle se rassemblaient.

Avant qu'il ait repris son souffle, je le repoussai et me préparai à frapper, mais le salaud m'écrasa les orteils sous son talon. Je tombai à genoux. Il ne chercha pas à m'achever, mais pivota et fonça vers la murette pour sauter le puits d'aération d'un mètre vingt de large entre les deux immeubles.

Il y avait une antenne tendue juste au bord. Il s'y prit le pied et dégringola trois étages, trop surpris même pour crier.

Je repris mes chaussures, ramassai mon veston et l'enfilai tout en dévalant l'escalier. On n'entendait pas encore de sirènes, mais la police arrivait parfois sans s'annoncer. Cette fois, je trouvai une lampe que j'allumai.

Cat, étendu sur le plancher, me regarda en souriant : « Tu… l'as eu ?

— Il est mort. Que s'est-il passé ? »

Il me désigna la porte à l'autre bout de la pièce. Je jetai un coup d'œil, allumant et éteignant l'ampoule rapidement. Le type étendu sur le lit portait un pansement au cou et deux petits trous tout neufs dans la poitrine.

Cat refusait de se laisser toucher. Il tenait les deux mains devant lui et sa respiration était hachée. Je lui dis : « Je vais chercher un toubib, mon gars.

— Non.

— Mais, bon sang, tout va s'arranger ! »

Il m'arrêta d'un geste épuisé. « J'ai mon compte. Pourquoi se débattre ? Toi… débine-toi, Deep.

— Dis-moi ce qu'il s'est passé ?

— Je surveillais… j'ai vu ce type monter… entrer. Je le connaissais. Un gangster, un tueur.

— C'est Artie Hull. Je l'ai reconnu aussi.

— Il est de l'Organisation… tu sais ? »

Je fis un signe affirmatif.

Il toussa, le corps secoué de douleur. Des gouttes de sang lui jaillirent de la bouche. Il s'étouffa, se racla la gorge et un filet de sang lui coula sur le menton. « J'ai… voulu l'arrêter… Mais je ne suis plus le Cat d'autrefois… » Il sourit malgré sa douleur.

« Deep…

— Je suis là, petit.

— Va voir l'employé… au Westhampton… Morrie a appelé…

— Ne parle pas, Cat. Je comprends. »

Les sirènes gémirent dans la rue. Cat les entendit aussi.

« Débine, Deep. Par le toit… comme autrefois. Débine. »

— Ça me dégoûte de te laisser…

— Ça colle. (Il sourit de nouveau.) Je sais. On est des vrais frères de sang, nous. Les Chevaliers…

d'Antan, les K.O. Ce n'était pas tellement marrant… tout le temps des emmerdements… Quand même… comme ça… maintenant, plus d'emmerdements. »

Il agita les doigts d'une façon que j'avais oubliée depuis vingt-cinq ans. Le vieux signe de reconnaissance des K.O. Je le lui fis également, en souriant. « Connard de sentimental, lui dis-je.

— Tire-toi, mon pote. »

On se serra la main. C'était assez. C'était tout ce qu'il voulait.

Les sirènes viraient au coin de la rue. Le temps était révolu. Je remontai sur le toit, retombant d'instinct dans les façons de penser et les gestes d'autrefois. C'était comme si je n'avais pas abandonné les toits. Comme si j'étais redevenu gosse.

Quand je regagnai la terre, j'étais à une bonne rue de distance. Je me dirigeai vers l'abri de Cat.

Je voulais reprendre mon revolver.

*

Le Westhampton était un hôtel pour gens vivant au jour le jour. Au bureau, un employé triait le courrier tout en sifflotant vaguement, accompagné par un poste à transistors.

Il me fit un signe de tête insouciant, acheva de

classer le courrier et me demanda : « Vous voulez une chambre ?

— C'est Cat qui m'a dit de venir vous voir. »

Il y avait longtemps qu'il avait appris à rester impassible devant tous les événements. Il répéta, l'air indifférent :

« Cat ? »

Il y avait deux façons de jouer. J'appliquai la première, connue de tout le monde, en posant un billet de vingt dollars sur le comptoir. « Tout juste, *Cat* », dis-je.

Il lorgna le billet. Je devinai ce qu'il pensait, mais son visage resta impassible. « Cat », répéta-t-il, en se donnant l'apparence de réfléchir.

Je lui montrai donc la deuxième façon de jouer : ma veste s'ouvrit tout naturellement, lui révélant mon flingue à ma ceinture. Je souris. Il comprit que c'était fini de rigoler. « Je m'appelle Deep », lui dis-je.

Ses doigts agiles se refermèrent sur le billet et le firent disparaître. Il inspecta le hall d'un coup d'œil exercé et tripota un porte-cartes placé devant lui.

« Cat m'a dit que vous vous rappelleriez peut-être un certain numéro. Ce sont les Wagner qui y ont téléphoné. »

Il releva lentement la tête pour me regarder dans les yeux. Il avait déchiffré pas mal de figures dans sa vie. Il savait reconnaître les gars capables de se servir d'un flingue. J'en étais. Il le vit.

« Je ne… serai pas inquiété, hein ?

— Si on le demande, vous ne m'aurez jamais vu de votre vie.

— Ce sacré Cat, j'aurais préféré qu'il ne me demande rien. Vous lui direz…

— Il est mort lui aussi, mon pote.

— Merde ! souffla-t-il.

— Quel était ce numéro ?

— Deux-zéro-deux-zéro-deux. Ça fait un peu comme une chanson rythmée. C'est pour ça que je m'en souviens.

— Bon. Et l'indicatif ? »

Il fit un geste d'ignorance. Mais j'en savais assez. Je le quittai, traversai le hall jusqu'à la rangée de cabines automatiques, entrai dans l'une et en refermai la porte. Au deuxième appel, je trouvai mon correspondant et lui demandai la liste de tous les indicatifs comportant un tel numéro, ainsi que les noms des abonnés en question. Il s'enquit de mon numéro, me dit d'attendre et raccrocha.

L'employé du bureau m'observait comme une souris dans son trou.

Au bout de dix minutes, l'appareil sonna et quand j'eus décroché, mon informateur me demanda :

« Prêt ? » puis se mit à me dicter une liste de numéros et de noms. J'en pris note au dos d'une enveloppe. Au sixième, je dis « Stop ! », le remerciai et reposai le combiné. Une petite erreur de jugement me servait à point.

Je me rappelai ce que m'avait dit Cat. Deux tueurs avaient passé contrat pour m'effacer. Ensuite, quelqu'un avait payé plus cher pour retarder l'exécution. Les tueurs avaient téléphoné à leur premier employeur pour obtenir des ordres nouveaux, et il leur avait dit d'y aller. C'était ce coup de fil, l'erreur.

Ils avaient téléphoné au sixième de ma liste, Hugh Peddle.

XII

Le vieux quartier hollandais s'était transformé dix ans auparavant, quand on avait démoli les taudis. On avait bâti un nouvel ensemble d'immeubles en plein milieu, on y avait réinstallé les mêmes locataires, et maintenant, cela faisait un quartier de taudis tout à fait modernes. Les gens n'avaient pas changé ; ils parlaient, agissaient et se comportaient toujours de la même façon. Ils votaient en bloc pour quiconque leur promettait le plus et s'inquiétaient peu de ce qui devait s'ensuivre.

Hugh Peddle n'avait eu aucun mal à acheter leurs voix. C'était avant tout un politicien de parti, mais depuis quelque temps, il avait pris pas mal d'indépendance, car il contrôlait une masse suffisante pour constituer un facteur critique aux élections.

Et les gens l'adoraient. C'était le père Noël du quartier, il les aimait au point de vivre parmi eux, pour être à portée quand il s'agissait de trouver des solutions à leurs problèmes immédiats. Hugh habitait dans une maison tranquille au coin d'une rue, à une adresse encore élégante trente ans plus tôt. Mais les temps et les circonstances varient, et maintenant, la maison et sa rue étaient considérées comme faisant partie du quartier hollandais.

Le barman pensait que Hugh possédait toute la bâtisse. Il vivait avec un domestique permanent et une femme de ménage qui venait dans la journée, dans un appartement en terrasse. Il avait un ascenseur privé qui descendait jusqu'à la rue. Aux étages, les locataires étaient des gens respectables… deux familles d'employés de la compagnie d'électricité, le directeur d'une épicerie à succursales, et un artiste excentrique aux cheveux roux qui faisait des bandes dessinées pour les journaux, en grande partie autobiographiques.

Je bus encore quelques demis, réglai l'addition et sortis. Il était exactement dix heures. Le ciel couvert diffusait le reflet des lumières de la ville et l'air sentait la pluie.

Il me revint cette impression de penser à quelque chose et de l'oublier tout aussitôt. Une idée importante. Bon Dieu ! Je laissai tomber et me dirigeai vers le domicile de Hugh Peddle.

Le hall était petit, mais couvert de miroirs pour le faire paraître plus grand. D'un côté, une porte marquée « Sortie » conduisait aux étages. Juste en face de la porte d'entrée, il y avait un ascenseur sans opérateur.

Je me décidai pour l'escalier.

Chaque palier donnait sur un petit hall d'où l'on pouvait accéder à l'ascenseur. L'ascenseur lui-même, ouvert et vide, était arrêté au dernier étage qu'il desservait, mais l'escalier continuait. Je le suivis, ouvris une porte donnant sur une petite terrasse dallée qui entourait l'appartement, puis la refermai sans bruit derrière moi.

Ce côté de l'appartement était flanqué de portes-fenêtres garnies de rideaux, exposées au sud. Elles paraissaient s'ouvrir vers l'extérieur, mais je préférai faire le tour de l'endroit avant de tenter d'y entrer. Au nord, il y avait une porte qui donnait de toute évidence sur la cuisine, et à l'ouest une grille assez tarabiscotée, sur un simulacre de patio, où se trouvaient trois tables en fer forgé à dessus de marbre et fauteuils assortis.

D'où j'étais, je voyais une faible lueur, comme celle d'une veilleuse ou d'une lampe de chevet, à l'intérieur. Il était trop tôt pour en déduire que Peddle était endormi. La seule conclusion possible, c'est qu'il était sorti et avait donné congé aux domestiques.

Les portes-fenêtres au sud étaient les plus faciles à ouvrir. La lame de mon couteau dégagea le crochet tout ordinaire, j'ouvris les battants, me glissai à l'intérieur et refermai la fenêtre derrière moi.

De ce que je pouvais distinguer, je déduisis que Peddle n'avait pas le goût de la simplicité. En bas, le quartier se décomposait peut-être inexorablement, mais ici on ne s'en apercevait nullement. C'était un expédient politique que d'habiter là, mais il n'était pas obligé de vivre comme les autres habitants du coin. Peu importe où l'on vit, il y a des choses qu'on peut toujours acheter.

Le luxe, par exemple.

Je contournai le piano à queue, suivis la courbe de la pièce jusqu'à la baie et m'immobilisai. La lumière était dans une pièce à ma droite, et en m'avançant dans le couloir, je vis qu'elle provenait d'une petite lampe dans le coin le plus éloigné. Je laissai mon calibre 38 retomber dans son étui et marchai sans bruit vers la lumière.

C'était une sorte de bibliothèque. Deux murs étaient couverts de rayonnages chargés de livres, un récepteur de télé se trouvait à une extrémité, et de lourds fauteuils de cuir jetaient de grandes ombres aux parois reculées de la pièce. J'en fis le tour sans toucher à rien pour me rendre de l'autre côté.

Là, un bar d'acajou, pris dans le mur, se dressait, orné d'un miroir de fond bleuté et de deux rangées de bouteilles et de verres. Il y avait encore un verre vide sur le bar ; quand je le soulevai, la glace tinta contre les bords.

J'avais le revolver au poing en arrivant à la chambre à coucher. La porte était ouverte, me découvrant la moitié du lit. Il y avait une personne étendue dessus, sans mouvement. Je fis un pas, tâtonnant à la recherche d'un commutateur. Dans l'éclat soudain de la lumière, je sentis mon cœur battre contre mes côtes et je compris que je m'étais laissé choper comme un con dans la souricière, car le gars étendu sur le plumard était ficelé comme un rôti et bâillonné, et le canon d'un pétard me chatouillait l'épine dorsale.

Une voix froide me dit : « Lâche ça » et je lâchai mon feu.

Le canon se planta plus fort dans mon dos et j'avançai encore de deux pas.

« Tourne-toi. »

Je m'exécutai. « Salut, Tony », fis-je. Le tueur aux

traits mous à la solde des beaux messieurs m'adressa un salut distant. Il s'en foutait, celui-là. Il y en avait un second, à quelques pas derrière lui et à sa gauche, armé d'un petit automatique, qui me regardait d'un air avide, comme s'il espérait que j'allais chercher à me tirer.

Puis Lenny Sobel arriva avec le sourire, ramassa mon revolver, le soupesa et le fourra dans sa profonde. Il me regarda d'un air mortellement vache. « Un beau pétard, Deep. C'est celui que tu as barboté à un flic, pas vrai ?

— Tout juste. (Il pouvait bien crever, s'il espérait me faire monter.) Tu devrais t'en souvenir, Lenny. Je t'ai mouché deux fois avec. Et les deux fois au même endroit. »

Tony ricana, mais il se contint sous le regard de Lenny.

« J'attendais ce moment-là, Deep.

— Pas de mal à te croire !

— T'as une grande gueule.

— Toujours. »

Avant que Lenny ait eu le temps de me répondre, Tony déclara : « Faudrait se tirer.

— Je te dirai le moment », gronda Lenny.

Le petit malfrat haussa les endosses. « De la merde ! T'es au service des mêmes mecs que moi.

Ils nous ont dit de nous grouiller, alors on se grouille. On a raté le Peddle, mais on a chopé celui-là sans se déranger. C'est la moitié du boulot. Alors on rentre. »

Lenny ne trouvait pas à son goût qu'on lui rappelle qu'il était aux ordres de quelqu'un. Il était noir de colère, et si sa haine avait pu me foudroyer, j'aurais avalé mon acte de naissance. Mais je voulais en savoir davantage. Alors, de la tête, je montrai le plumard. « Le larbin, il causera, Lenny. »

Tony répondit à sa place : « Il ne sait même pas ce qui lui est arrivé sur la cafetière, et il a vu personne. On s'en fout. »

Lenny ne se mit pas en colère. Il tourna autour de moi, se planta quelques secondes devant mes yeux et me demanda enfin : « Tu cherchais quelque chose, Deep ?

— La même chose que toi, peau de noix. »

Il resta calme. « Dans ce cas, tu savais que Peddle était sorti, et tu sais sans doute où il est allé. »

Je voyais où il voulait en venir. Je pris les devants.

« Tu peux me marteler le citron à longueur de journée, ça ne t'avancera pas. Je cherchais Peddle. Tu l'as loupé, moi aussi.

— Mais moi, j'ai eu plus de pot. Après Peddle, c'était toi qu'on devait dénicher. Peddle peut pas se cacher bien longtemps. On le retrouvera assez vite.

Mais toi… c'était une autre paire de manches. Je dois avouer que tu nous as facilité le boulot.

— Tu m'en vois ravi.

— T'as deux possibilités.

— Tiens ?

— Tu sors d'ici tranquillement, tu montes en bagnole sans pétard et tu nous accompagnes sans faire de foin.

— Ou bien ?

— Sois pas con. Pas toi, petite tête de duraille. Ou bien on t'emmène avec un beau petit trou dans les tripes pour te freiner un brin. »

En fait, je n'avais pas le choix. « Je marche, sans foin. »

Nous descendîmes dans la rue, par l'ascenseur privé, fîmes une cinquantaine de pas jusqu'à une Pontiac brune toute neuve où nous embarquâmes comme une bande de copains. Du point de vue professionnel, la manœuvre était parfaite, et personne ne pouvait être au parfum. D'ailleurs, les gens trop clairvoyants en auraient crevé sur place. Mais les malfrats nouvelle vague préfèrent éviter le riff.

Je m'assis entre les deux tueurs, les bras croisés, avec deux canons trapus braqués dans les flancs. Lenny, à côté du chauffeur, avait le bras passé sur le dossier, pour me reluquer. Il jouissait comme une gonzesse, en train de se défouler de la honte que ça lui avait laissée, tout ce que je lui avais fait subir autrefois.

Le chauffeur prit la ville par le travers, puis s'engagea dans la rampe d'accès à West Side Drive. Il n'essayait pas de camoufler le parcours, ce qui signifiait une chose : j'allais quelque part… mais je ne devais pas en revenir. Je pouvais précipiter le mouvement, ou attendre la dernière minute. Ils s'en foutaient éperdument. Je n'avais toujours pas le choix : je décidai d'attendre.

Qu'est-ce qu'il me restait comme chances ? Augie était mort, Cat était mort. Personne d'autre ne savait où j'étais ni ce que je comptais faire. Cette fois, c'était bien ma faute, et c'était peut-être la dernière que je commettrais. J'avais affaire à des professionnels. Ils ne connaissaient que leur boulot. On leur disait de tuer, cela leur suffisait. Rien ne pourrait les en dissuader. C'étaient des gens qui ne pensaient pas, qui se refusaient à penser. Pour eux, ce n'était qu'un boulot de plus, quelques dollars de plus.

Lenny se tourna et m'adressa un sourire glacial. Il reluisait. Je lui demandai : « Ça fait mal, Lenny ? »

Il haussa les sourcils. Je précisai : « À ta façon de te percher sur le siège, j'avais l'impression que t'avais mal au cul. »

Tony ricana de nouveau.

« C'est moi qui vais bien rigoler, Deep, fit Lenny.

— Réfléchis donc un peu. »

Il ne saisit pas ce que je voulais dire, mais son sourire s'effaça.

« Tu es trop vieux pour la castagne, mon bonhomme.

— Pas quand il s'agit de toi. Il y a longtemps que j'attends ce moment-là.

— Alors, tu ne devrais pas t'y fier. »

Tony nous coupa. « Tu ne crois pas qu'il a combiné quelque chose ? C'est pas un gars à se laisser choper sans précautions.

— Je crois que pour une fois notre gaillard s'est oublié, lui répondit Lenny.

— J'aimerais autant que tu en sois sûr.

— J'en suis certain. Il y a trop longtemps que je le connais.

— Mais il est resté longtemps parti.

— Ces gars-là ne changent jamais, Tony. Tu devrais le savoir aussi bien que moi. Pas vrai, Deep ? »

Je haussai les épaules.

La tête de Tony pivota sur ses épaules, comme celle d'une mante religieuse. Il m'observa en silence pendant un long moment, puis il se retourna vers

Lenny : « Si j'étais toi, j'effacerais ce gars-là tout de suite.

— Mais tu n'es pas moi, Tony.

— À mon avis, tu t'en repentiras. Il y a quelque chose qui me le dit.

— Et moi je te dis de fermer ta gueule. »

Tony grommela, puis se tut. Mon autre voisin avait tout encaissé sans même cligner la paupière.

Nous quittâmes la West Side Highway au pont et repartîmes à travers la ville. Au bout de dix minutes, la voiture s'arrêta devant un restaurant fermé, à une rue de distance du Yankee Stadium. Tony me poussa du canon de son pistolet : « Dehors », dit-il.

L'autre descendit le premier, cachant son flingue, mais prêt à tout. Tony me suivit, me guidant du bout de son arme vers une porte contiguë au restaurant.

Lenny ouvrit et me dit : « Après toi. »

C'était probablement ma dernière chance.

Mais Tony prévit le coup une demi-seconde à l'avance, et le bruit de son pistolet sur le côté de mon crâne me fit l'effet d'une planche qui pète.

*

Je voyais mes pieds, mais ils me paraissaient à des kilomètres. Ils étaient l'un contre l'autre, bien alignés. Ils se rapprochèrent de moi et je compris pourquoi ils étaient si bien disposés. On me les avait ficelés. J'eus la sensation que j'allais tomber sur la figure et, lentement, je réalisai ce qui m'en empêchait. J'avais les mains attachées derrière la chaise sur laquelle j'étais assis. Il y avait juste un peu de jeu pour me permettre de me pencher en avant.

La voix de Lenny, qui me paraissait assez cotonneuse, fit : « Il refait surface. »

Quelqu'un d'autre dit : « Bien. Fous-lui encore l'ammoniaque sous le tarin. »

Des vapeurs âcres me prirent à la gorge, je m'étouffais, les yeux pleins de larmes. Je reculai la tête et la secouai. Le petit homme gris assis devant moi sourit : « Soyez le bienvenu », dit-il.

Je clignai les paupières pour m'efforcer de le distinguer, puis je reconnus son visage. On l'appelait M. Holiday et l'on parlait bas devant lui. Il représentait à New York les intérêts de l'Organisation, mais si on n'était pas rencardé, on l'aurait pris pour un bon père de famille. Les autres, confortablement assis autour de la pièce, avaient des intérêts égaux mais différents. Certains d'entre eux se trouvaient à la réunion le soir où j'étais entré au Club K.O. Maintenant, ils m'observaient d'un air détaché et pourtant un peu curieux. Je faisais partie des obstacles à leurs affaires, et il n'y avait qu'une façon de m'éliminer.

« Vous allez bien ? » me demanda M. Holiday.

J'avais des élancements sous le crâne, et plutôt que de parler, je fis un signe affirmatif.

« Bon. Vous savez pourquoi vous êtes ici ? »

Cette fois, je fis signe que non.

Il fit la grimace : « Cela n'a vraiment pas d'importance. Néanmoins, vous savez ce que nous voulons. »

Inutile de jouer au plus fin. « Les papiers de Bennett.

— Exactement. »

Je levai la tête en me forçant à sourire : « Ce n'est pas moi qui vous les donnerai. Je ne les ai pas. »

Holiday fit un geste vif de ses mains potelées. « Il faut que nous nous en assurions. » Il agita un doigt par-dessus son épaule. « Maxie… s'il vous plaît. »

Maxie était un type grand et épais, avec des avant-bras comme des barriques. Il s'approcha, jouissant d'avance, m'examina cliniquement un instant, puis m'abattit le revers de sa main sur la figure. Je n'eus pas le temps d'esquiver, et la seconde gifle m'arriva de l'autre côté avant que j'aie pu m'y préparer. À mains ouvertes, il m'arracha presque la tête. Quand il cessa, j'avais la bouche pleine de sang, mes dents s'étant enfoncées dans mes joues, et mes yeux commençaient à enfler.

« Vous m'entendez, Deep ? » fit M. Holiday.

Je hochai la tête.

« On m'a tout dit sur vous. On m'a dit que vous êtes un dur. On m'a expliqué aussi comment vous faisiez parler les gens, autrefois, vous et votre ami Bennett. Naturellement, vous savez ce qui va suivre. Vous parlerez, ou vous mourrez très, très lentement. »

Je réussis à dire d'une voix rauque : « Je connais la musique. Cela ne vous avancera à rien. »

Lenny Sobel intervint : « Il ment.

— Tiens ? Qu'en savez-vous ?

— Je me rappelle comment ils étaient tous les deux. Je sais leur façon de penser. Bennett a laissé tout ce qu'il avait à ce type-là.

— N'aurait-il pas fait état des documents maintenant, s'il les avait ?

— Écoutez, insista Sobel, on ne sait jamais ce qu'il manigance, celui-là. Avec Bennett, c'était du tout cuit, mais avec lui, on ne peut pas dire. Ils étaient tous les deux cinglés. Deep sait où se trouve le paquet ! Il n'y a qu'à le faire parler… il parlera.

— Vous avez peut-être quelque chose à dire, Deep ? me demanda Holiday d'une manière si doucereuse qu'il était difficile de le prendre pour ce qu'il était réellement.

— Merde ! Si vous êtes décidés à me supprimer, faites-le.

— Nous ne sommes pas pressés. Nous avons tout notre temps, mais pas vous. Cela simplifierait sans doute les choses si vous vouliez bien nous parler.

— Je remets ça, monsieur Holiday ? » fit le grand Maxie.

Holiday leva la main : « Dans un instant, peut-être. Maxie est trop impatient. Vous devriez voir ce qu'il arrive à faire avec un cigare. Ou simplement avec de bonnes vieilles allumettes. Il y a certaines variations dans la brûlure… mais c'est pour plus tard.

— Cela ne… servira à rien », dis-je.

Je réussis à me rejeter en arrière et inspirai l'air profondément. Je ne sentais plus du tout mes mains ; la corde pénétrait dans mes poignets et me coupait la circulation.

« L'entêtement, cela peut être douloureux, Deep. Il serait plus facile de causer. »

Je hochai la tête pour m'éclaircir l'esprit, mais cela me fit plus mal encore. « Donnez-moi des idées », dis-je.

Holiday sourit. « Allons, nous commençons. Nous

allons commencer par la mort de votre ami. Qui l'a tué ?

— Est-ce vous ? fis-je en relevant lentement la tête.

— Ce n'est sûrement pas nous. Ç'aurait été un risque inutile à courir. Bien que Bennett ait gêné l'Organisation dans son ensemble, il était plus simple de le payer que de se le mettre à dos. Non, Deep, ce n'est aucun de nous. Mais peut-être avez-vous une suggestion ?

— Je pensais à Hugh Peddle. »

Holiday hocha la tête et se remit à sourire : « Voilà une idée intéressante. L'ami Peddle a beaucoup grandi. Il a maintenant trop d'exigences envers l'Organisation. Lui aussi était entre les mains de Bennett. S'il avait pu opérer librement, il aurait pris encore plus d'importance, mais Bennett le contenait. En outre, Peddle manque de scrupules. Je sais parfaitement ce qu'il ferait si les renseignements de Bennett étaient entre ses mains. Au fait, savez-vous ce qu'il a essayé de vous faire ? »

— Morrie Reeves et Lew James. Il les a engagés pour m'éliminer.

— Exact. Heureusement, ce sont deux hommes sur lesquels nous avons de l'influence, et nous avons pu les retenir pendant un certain temps. Nous ne pouvions pas courir le risque que le trésor de Bennett languisse quelque part et tombe dans d'autres mains. Il fallait que nous sachions où il se trouvait. Vous savez, nous avons même prévenu Hugh, mais il n'a pas voulu suivre nos conseils.

« L'Organisation ne peut pas perdre la face. Elle a laissé passer le bluff et l'enflure de Benny Mattick, parce qu'il y avait une certaine possibilité que Benny, à sa manière sournoise, ait réussi à tuer Bennett et à découvrir les renseignements. En un sens, les actes de Hugh Peddle constituaient un défi à l'autorité de l'Organisation. Nous voulions vous garder vivant jusqu'à ce que nous ayons des preuves bien définies. Savoir si oui ou non vous déteniez ce que nous voulons.

— Maintenant, vous le savez, dis-je.

— Pas encore. Pas avec certitude.

— Ainsi, c'est pour cela que vous en aviez après Peddle ? » (Je voulais le faire parler.)

Holiday voyait bien ce que je cherchais à faire, mais n'en paraissait pas importuné. « Hugh a besoin d'une leçon, d'une leçon qu'il se rappellera. Nous avons dû effacer un homme de valeur à cause de lui. Vous avez descendu Morrie. On ne pouvait pas laisser Lew en liberté avec sa blessure. Lew était un camé, le risque était trop grand.

— Vous savez ce qu'est devenu votre exécuteur ? »

Son sourire s'effaça. « Nous en avons entendu parler. Il semble bien que tout ce qu'on dit de vous soit vrai. »

Du fond de son fauteuil, Lenny Sobel intervint : « Vous perdez votre temps.

— Cela fait moins de saleté et moins de bruit si on cause tranquillement.

— Cela ne me ferait pas mal au ventre de l'entendre gueuler. »

La voix de Holiday était douce, mais il y mit une intonation qui fit cesser la discussion : « Moi, je n'y tiens pas, dit-il à Lenny. Et maintenant, revenons-en à vous », me dit-il en changeant d'expression.

Je me sentais complètement vidé. J'avais du mal à tenir la tête droite. « Il est mort trop de gens. Augie… Cat… et ce n'est pas encore fini.

— Il vous appartient d'y mettre fin dès maintenant.

— Non… je regrette. Je n'ai rien… à dire.

— Monsieur Holiday ? fit la voix de Lenny avec une intonation nouvelle.

— Quoi donc, Lenny ? »

Il se leva, s'approcha de moi, me saisit par les cheveux et me tira la tête en arrière. « Nous nous y sommes pris comme des manches dans toute cette histoire. Nous nous y sommes attaqués par le mauvais bout. » Il me rejeta la tête de côté et arbora un affreux sourire.

« Expliquez-vous, Lenny.

— La gonzesse… Helen.

— Et alors ? (Les yeux de Holiday se portèrent de Lenny sur moi. Je sentis mon estomac se contracter, et mon cœur se remit à cogner.)

— C'est tellement simple… tellement simple. Il nous a tous baisés », dit Lenny.

Maintenant, il y prenait plaisir. Il observait mon visage et vit le coup porter. Comme s'il eût déchiffré ma pensée, il l'exposa par le menu.

« Réfléchissez à une chose… à Helen et Bennett. Pendant deux ans, elle a fait marcher ce couillon comme elle l'a voulu, et il ne savait causer que d'elle. Il en était tellement amoureux qu'il ne pensait plus juste, et n'allez pas vous imaginer qu'elle ne savait pas ce qu'elle faisait. Merde ! Elle en a fait autant avec moi… elle m'a fait faire plus de conneries que je n'en peux imaginer. Bon, d'accord, moi aussi, j'étais un couillon, mais pas à ce point-là.

— Venez-en à la question, dit Holiday.

— D'accord. L'intéressant, c'est que Bennett a voulu faire l'important devant elle, il a bien fallu qu'il prouve son importance, aussi lui a-t-il expliqué par quel moyen il était devenu ce qu'il était. Vous savez comment Bennett est arrivé en haut de l'échelle. Mais une gonzesse pouvait également le percer à jour. Alors qu'est-ce qu'il pouvait faire pour impressionner la souris ? Lui exposer ses affaires. Il comptait bien la mettre dans le coup, en faire Mme Bennett, alors pourquoi diable ne pas tout lui raconter ?

— Tu es cinglé ! m'écriai-je. Elle ne se serait jamais approchée de ce salaud ! Bon Dieu, touche-la seulement, et je te tue, Sobel, je te jure que je te tue !

— Écoutez-le, fit-il doucement.

— Cela me paraît sensé. Y a-t-il d'autres indices ? fit M. Holiday.

— Bien sûr, et le tout concorde très bien. Vous savez la soirée que Bennett devait organiser au Club ? C'était soi-disant un secret, mais on en a parlé. Cette grande gueule n'était pas capable de garder le secret sur quoi que ce soit. *Il comptait annoncer ses fiançailles avec Helen.* »

Je proférai des mots sans pouvoir m'arrêter. Je l'insultai le plus grossièrement que je pus, puis retombai contre le dossier, épuisé.

« Réaction intéressante, fit Holiday.

— Naturellement, me dit Lenny. Il s'est laissé posséder, lui aussi. Bennett s'est fait descendre avant que la môme ait pu mettre la main sur les documents et elle a bien été obligée de jouer le jeu avec Deep dans l'espoir qu'il arriverait à les retrouver. »

Holiday se leva lentement, le visage résigné. « Et vous les avez trouvés, Deep ? »

Ce fut Lenny qui répondit à ma place. « Bien sûr. Il les a donnés à la fille pour qu'elle les lui garde en attendant qu'il ait établi tous ses contacts et qu'il ait réglé leur compte à ceux qui pouvaient le gêner. C'est pour cela qu'il cherchait Hugh Peddle ce soir. (Il éclata de rire.) Hugh nous doit une fière chandelle. Nous lui avons évité de se faire effacer. » Il tira mon calibre 38 de sa poche et me regarda d'un air menaçant.

M. Holiday traversa la pièce et prit le téléphone. Il composa un numéro et, sans se donner la peine d'indiquer son nom, il dit : « Amenez-moi Helen Tate. Oui, c'est bien ici que nous sommes. Un instant. Lenny ? »

Lenny lui donna l'adresse d'Helen et Holiday la répéta.

Il reposa le combiné et fit un signe dans la direction d'une autre pièce. Un par un, ils sortirent tous derrière lui et je les entendis se servir des whiskys en riant. Lenny Sobel était le plus bruyant de tous.

Quand le téléphone sonna, ce fut Maxie qui

répondit. Il prit un message et, lorsque M. Holiday reparut, il lui dit : « La môme est sortie, chef.

— Il sait où elle est allée ?

— Non, mais il y a un marchand de journaux devant l'immeuble qui l'a vue partir et qui connaît le gars avec qui elle était. C'était Hugh Peddle. »

J'étais totalement privé de sentiment. Totalement.

« Sait-il où ils sont allés ? »

Maxie répéta la question au téléphone, attendit, et au bout d'un moment reprit : « Le type des journaux l'a vu faire signe à un taxi. Il connaît le chauffeur. Il dit qu'il ne va pas tarder à revenir à sa station.

— Dites-lui de trouver où l'ami Peddle est allé avec la femme et de nous téléphoner immédiatement. »

Maxie transmit le message et raccrocha.

« Il semble bien que le conseiller ait suivi le même raisonnement que vous, Lenny. Les choses commencent à s'arranger.

— Ce salaud.

— Mais c'est un malin. Il a dans l'idée de prendre le commandement aux deux bouts.

— Que comptez-vous faire ? lui demanda Lenny.

— Moi ? Rien. Je serai dans un bar convenable, quelque part, où des tas de gens me verront. Mais pour vous, Lenny, c'est une autre histoire. Quand ce coup de téléphone arrivera, je veux que vous alliez choper Peddle. À vous le bébé. Il y a des chances qu'il ait emmené la fille en un endroit où il peut lui arracher la vérité. »

Holiday se tut et reprit sérieusement : « Deep, vous avez des sentiments profonds pour cette femme, n'est-ce pas ? »

Je ne répondis pas, c'était inutile.

« Vous savez ce que Peddle va lui faire pour obtenir des renseignements ?

— Bon Dieu ! grondai-je, elle ne sait rien du tout !

— Ah ! non, couillon ? (Le visage de Lenny était un masque dur.)

— La paix, Lenny ! fit sèchement Holiday. Si vous savez où il l'a emmenée, nous pourrions la secourir », reprit-il à mon adresse.

Dans mon ignorance, je hochai la tête. C'était inutile, totalement inutile.

« Donc, ajouta-t-il, pour en revenir à notre supposition première… si *vous* savez où se trouvent les renseignements et que vous nous l'indiquez, nous nous occuperons de Peddle, mais nous laisserons la fille en paix. Rien ne peut nous atteindre si nous mettons la main sur les documents. »

Comme je ne répondais pas, il haussa les épaules. « Comme vous voudrez. »

Maxie s'avança, avec un large sourire sur sa face de lune. « Chef, vous ne m'avez pas permis d'essayer. Si je...

— Ne fais pas l'idiot. Deep est exactement dans le même cas que Benny Mattick. Il ne sait rien. N'est-ce pas, Deep ? Bien sûr que j'ai raison ! Il aurait tout craché pour sauver cette fille s'il avait eu quelque chose à dire. Ça se voit clair comme le jour sur sa figure. »

Et voilà. On pouvait me supprimer à n'importe quel moment, et sans frais. Ils n'avaient même plus de choix à faire. Le fait était patent : il fallait que je disparaisse.

Holiday enfila son imperméable et posa son chapeau sur sa tête. Il ressemblait à un banquier. Il frappa sur la poitrine de Lenny pour souligner ses paroles : « Je veux disposer d'au moins trente minutes, ensuite, vous ferez ce que vous voudrez de lui. » Il me désigna du pouce. « Gardez Tony et Ed avec vous...

— Je n'ai pas besoin d'eux.

— Faites ce qu'on vous dit ! aboya-t-il. Lorsqu'on aura repéré Peddle et la femme, téléphonez à un de nos groupes, le plus voisin de l'endroit et dites-leur de s'y rendre. Je donnerai des ordres pour qu'ils se tiennent tous prêts. Ils auront pour instructions de ne se déplacer que sur votre ordre. Peu importe ce qu'il arrive, soit à Peddle, soit à la fille, mais faites en sorte de revenir ici avec les documents. Compris ? »

Lenny était contrarié, mais il céda : « Je m'en occupe. »

À la porte, Holiday se retourna et leva son chapeau à mon adresse. « Tout à fait désolé, Deep. Tâchez de ne pas nous en vouloir. Je sais que vous comprenez qu'il n'y a rien là-dedans de personnel. Au contraire, vous me plaisez beaucoup. »

J'aurais voulu trouver une réplique spirituelle, mais il se passait trop de choses en moi. Je restai là ligoté comme un mannequin, et je vis M. Holiday sortir avec sa suite. Il ne resta plus que Tony, son laconique partenaire et Lenny.

Lenny souriait. Il mit une paire de gants et les lissa sur ses doigts.

Tony se leva, s'étira, et alluma une cigarette. « Je vais jusqu'au coin de la rue manger un morceau. J'ai rien bouffé de la journée. »

Son partenaire parla pour la première fois : « Rapporte-moi quelque chose », puis il passa dans la chambre. J'entendis le sommier grincer sous son poids.

Lenny sourit méchamment et me dit : « Il y a longtemps que j'attends ce moment. »

Je crachai par terre à ses pieds. « Tu es trop vieux, porc ! T'as le cœur trop faible.

— C'est ce qu'on va voir », dit-il.

Il se mit en position.

XIII

Je savais que j'étais sur le plancher. Je savais que j'aurais dû éprouver de la douleur, mais l'étrange chimie du corps avait commencé, et là où la douleur se trouvait réellement, je n'éprouvais qu'une sensation de pulsation.

J'entendis vaguement Lenny qui demandait à l'autre type de venir. Il arriva, à regret, et me décocha un coup de pied dans les côtes.

« Qu'est-ce que ça fout qu'on le laisse ici ? » dit l'homme.

Lenny n'était plus le vieux Lenny. Il était capable de parler et de penser, il pouvait même tenter de revivre comme autrefois, mais intérieurement, le temps l'avait rabougri, et les brutalités lui étaient devenues insupportables.

« Ôte-le de ma vue et ne pose pas de questions. Porte-le dans la chambre et restes-y avec lui.

— Merde ! Je voulais roupiller. Quand on l'aura bousillé, faudra encore le transporter dans cette saloperie de carrière du New Jersey. Moi, je suis crevé !

— Dors dans un fauteuil. Emmène-le dans la chambre. »

Pour me traîner, il dut me détacher de la chaise. Je ne m'en rendis compte que par le bruit et par la façon de me rouler par terre. Mes mains et mes pieds étaient totalement privés de sensation. Je gardai les yeux clos, bien qu'ils fussent tellement enflés que le tueur n'aurait sans doute pas pu voir s'ils étaient ouverts ou fermés.

Il me prit sous les épaules et me traîna à travers la pièce jusqu'à la chambre, où il me laissa tomber sur la descente de lit, face contre terre. Sans se tourmenter plus que si j'avais été mort, il ressortit, parla à Lenny et se versa un verre.

Je tentai de bouger et je réussis à me retourner à moitié. Je relevai les genoux et me tortillai pour placer mes mains sous moi. Impossible de savoir si j'avais réussi ou non ; des épaules jusqu'au bout des doigts, la sensation était morte. Mais mon mouvement soudain eut un résultat. Il réveilla la douleur, qui vint en une vague dévorante s'abattre sur moi comme une paire de pinces monstrueuses. Je laissai échapper un son affreux, sans pouvoir me retenir, et retombai sur le visage.

Le seul avantage, ce fut que la douleur parvint à mes mains et à mes pieds, tandis que la circulation se rétablissait. Je ne pouvais certes pas les agiter, mais je savais que je pouvais les bouger un peu et cela suffirait si je m'y prenais bien.

Le type revint avec les deux morceaux de corde qui m'avaient maintenu sur la chaise. Il s'agenouilla sur le plancher pour me nouer les mains derrière le dos. Il passa quelques boucles de corde autour de mes pieds, y fit un nœud, puis il se releva et se coucha sur le lit sans autre forme de procès.

De l'autre côté, Lenny se servait encore un verre. Il en prit encore deux en quelques minutes, tout en grommelant des jurons à l'adresse du monde en général.

Sur le lit, le type se mit à respirer lentement, mais légèrement. Il n'était pas encore endormi et je ne pouvais me permettre de le déranger. J'avais encore des picotements dans les mains et, bien qu'elles fussent liées, elles revenaient à la normale. Le gars ne m'avait pas ficelé très proprement et le peu de contraction que j'avais réussi à maintenir suffit à me laisser un certain jeu.

Il fallait attendre. Il fallait rester là, et attendre, alors que j'avais envie de me déchaîner.

Pour me décontracter, je m'efforçai de réfléchir. J'essayai de rassembler tous les morceaux du puzzle dans mon esprit, de combler les vides et d'éliminer les erreurs.

Pourquoi Bennett était-il mort ?

C'était une fameuse question. En vie, il constituait une menace. Il avait une puissance qui lui permettait d'aligner les forces comme il le voulait, qu'elles fussent politiques ou illégales. Holiday lui-même l'avouait et Peddle l'avait prouvé du fait qu'il s'était rendu au Club. Il y en avait encore d'autres pour confirmer l'empire de Bennett.

Mais Holiday avait dit une chose étrange. L'Organisation ne se souciait pas réellement de Bennett. Il était plus facile de s'en accommoder que de le démolir. *Pourquoi ?*

Et Wilson Batten, alors ? Il m'avait révélé chez Bennett un trait de personnalité qu'Helen avait remarqué elle aussi. Le manque de maturité. Au fond, Bennett ne voulait pas grand-chose ! Son idée de la grandeur était en réalité si mesquine qu'ils pouvaient se permettre de le laisser faire… mais ce qu'il détenait *était* assez important pour qu'ils choisissent cette solution, sans réserve.

Donc, l'Organisation le voulait vivant. C'était une fois mort qu'il constituait un danger sérieux.

Et Benny ? Est-ce que Benny avait pu le tuer ? Peu vraisemblable. Benny n'avait pas ce genre de courage. Il aurait laissé percer ses intentions et Bennett aurait agi le premier. Ou l'Organisation. Elle aurait frappé Benny si elle avait su qu'il en voulait à la peau de Bennett. Muni de documents compromettants, Benny aurait été beaucoup plus à craindre que Bennett.

Et de loin.

Ensuite, il y avait la mort de Tally. Cela, je l'avais oublié.

Il y avait aussi autre chose que j'avais presque oublié. Quiconque avait tué Tally avait également tué Bennett et tenté de me tuer.

Les armes ?

Pas un gros calibre, pas quelques balles bien placées et toutes fatales, comme c'était le cas pour Augie, Lew James et Cat. Aucun signe de l'expérience d'un professionnel.

Un pistolet « maison » et une bouteille. Un truc de gosse. Une saleté de truc de gosse qui avait tout bousillé et avait déclenché une chaîne de meurtres qui n'était pas encore terminée.

Bien sûr. Depuis le début, c'était comme cela. Pensons à la façon d'un enfant… il se serait dit qu'un gars comme Bennett avait de l'argent chez lui, il aurait surveillé l'appartement jusqu'à en connaître toute la routine. Quand il aurait su que Bennett et Dixie étaient seuls à la maison, il aurait attendu, et lorsque Dixie serait sorti, il serait entré. Bennett aurait ouvert la porte en pensant que c'était Dixie qui rentrait, et se serait trouvé devant le gamin.

C'était peut-être le coup d'essai du môme. Il avait pressé sur la détente. Une seule balle. Et il avait touché Bennett à la gorge… ce dernier avait dû chanceler, tomber, mais il n'était pas mort. Le gamin avait été pris de panique. Il s'était débiné par l'ascenceur sans plus penser à empocher le fric.

Cela commençait à prendre tournure. Naturellement, ce devait être un merdeux du quartier, un membre d'une bande locale. Bennett l'avait reconnu, s'était douté du chemin qu'il suivrait, et avait tenté de l'intercepter. Il avait dévalé l'échelle d'incendie et s'était engagé dans les cours de derrière, comme j'avais fait en poursuivant Morrie Reeves, après l'assassinat d'Augie. Bennett s'était dirigé vers le même passage que Morrie, tout en comprimant de la main le trou qu'il avait au cou.

Il n'avait pu aller loin. L'hémorragie interne l'avait tué sur les lieux.

Tally rentrait-elle de prendre sa cuite quand elle l'avait trouvé là ? Il devait être non loin de la rue, pour qu'elle l'ait aperçu en passant. J'imaginais Tally, sa joie de le voir mort, je la voyais lui cracher dessus, puis repartir en se frottant les mains, à la pensée du riff qui allait se déclencher.

Et puis Pedro… qui avait dépouillé le cadavre et s'était perdu dans la nuit.

Mais à cause d'eux deux, la situation avait changé.

Où était resté le meurtrier pendant tout ce temps ?

Pourquoi n'avait-il pas filé ? Avait-il été vu par Tally, ou se l'était-il imaginé ? Erreur de la tuer : elle ne l'aurait jamais dénoncé. Ou peut-être le cadavre était-il tout près de chez lui, et sa présence était-elle un danger, si jamais quelqu'un se mettait à réfléchir. Le flingue bricolé, cela voulait dire une bande d'adolescents. Les Scorpions ?

Donc, l'assassin avait rapporté le corps de Bennett. Ce n'était pourtant pas un poids plume, mais même une vieille femme, prise de panique, a des moyens étonnants. Il l'avait donc ramené par l'escalier d'incendie, l'avait déposé chez lui, et avait filé.

Un petit détail qui avait couillonné les flics : Bennett avait beaucoup saigné sur le coup, et avait cochonné le tapis et les murs comme il fallait. Qui aurait pu penser qu'il était sorti et qu'on l'avait ramené juste au même endroit ?

Un pistolet bricolé, le grand frisson pour un môme. Un meurtre simple et idiot, et l'enfer se déchaînait.

Dans l'autre pièce, Lenny cassa une bouteille. Il jura comme un homme ivre et tituba dans le living-room. J'avais la tête tournée de façon à le voir par la porte. Il s'arrêta pour lancer encore un juron, il entra dans la chambre sombre, et je crus que c'était la fin.

« Ce putain de Club K.O. ! Cette bande de cons bénis ! »

Il avala encore une rasade et fit claquer la porte après lui.

C'était assez drôle. Une bande de gosses réunis dans une cave, il y avait très longtemps, et ça n'en finissait pas d'avoir des répercussions. Tous ceux qui avaient touché le Club K.O. de près ou de loin restaient sous son ascendant.

Nostalgie ? Sentimentalité ? Question de milieu ?

Comme je l'avais dit à Helen, tout se ramenait au club.

Et la vérité éclata pour moi, comme une bombe, me laissant pantelant. Tous les morceaux y étaient, et ils s'ajustaient les uns aux autres. J'en avais, Helen aussi, et Batten, et Lenny, et Holiday, et toutes les pièces se réunissaient en un tout, et il pouvait être trop tard d'un moment à l'autre pour éteindre la mèche de la bombe.

Le mec respirait maintenant profondément et régulièrement, sur le lit. Je laissai pendre les mains, pour éviter qu'elles enflent, puis je me mis à desserrer mes liens.

L'homme marmonna deux fois dans son sommeil. J'attendis pour m'assurer qu'il n'entendrait pas le peu de bruit que je ferais, puis je m'attaquai de nouveau aux cordes.

Au prix d'écorchures, je libérai une de mes mains, puis l'autre, et je déroulai la corde passée autour de mes jambes. Je restai étendu un moment. Tout allait bien. Je me levai et neutralisai le type endormi. Sans la moindre difficulté.

Il était sans connaissance, un bâillon dans la gueule, à respirer bruyamment par le nez, pendant que je lui ligotais ensemble les pieds et les mains, avec une seule corde dont il n'était pas près de se débarrasser. Je finissais le boulot quand le téléphone sonna. Lenny répondit : « Ouais… ouais. Compris. » Il raccrocha et composa un numéro à son tour. Puis il dit : « Dave ? Combien êtes-vous d'hommes ? Ouais, six, ça fera l'affaire. Holiday a téléphoné ? Bon. Alors tu sais qui commande l'expédition. Non, restez là ! Je veux être dans le coup, alors bougez pas sans moi. Restez dans le coin, et quand j'arriverai en bagnole, vous pourrez commencer. Descendez Peddle, mais prenez la gonzesse vivante. On fera le nécessaire à l'intérieur. On n'entend rien du dehors. Non, tu me connais. J'arriverai dans la camionnette rouge et blanche du restaurant. Quand vous la verrez, allez-y. Mais attendez que j'arrive, compris ? » Il grommela en reposant le récepteur. Puis, avec un petit rire, il agita la glace dans son verre et le vida. Je l'entendis approcher de la porte. Je me glissai derrière. Il avait toujours mon revolver.

Il avait les yeux brouillés par l'alcool, et par la lumière trop vive de l'autre pièce. Il dut croire que j'étais sur le lit et que mon gardien s'était endormi dans un fauteuil. Il resta sur le seuil, à rigoler.

« T'es cuit, Deep. Tu sais pourquoi je t'ai laissé en vie jusqu'à maintenant ? Parce que je voulais que tu saches ce qu'on allait faire à Helen. Tu sais où Peddle l'a emmenée ? Dans la vieille baraque des K.O. Tu sais pourquoi ? Parce qu'elle sait que les documents y sont, et que Peddle va lui faire dire l'endroit exact. Seulement Peddle vivra pas assez longtemps pour en profiter, et la souris non plus ! »

Il avait mon revolver en main. Il l'arma.

Avant de bouger, j'aurais voulu lui dire qu'Helen ne savait rien. Elle n'y avait emmené Peddle que parce qu'il lui avait déjà arraché un renseignement.

Elle avait dû se souvenir de ce que je lui avais dit : que tout gravitait autour de ce sacré Club K.O.

Elle n'avait pas eu d'autre échappatoire… mais il y avait encore une faible chance que j'arrive à temps.

À temps !

La balle partit dans le plafond quand le doigt brisé de Lenny pressa sur la détente, puis son épaule se disloqua et son cri s'arrêta net. Il s'était évanoui. Pas difficile de le traiter comme j'avais fait pour son acolyte. Je le ficelai avec l'autre bout de corde, ramassai mon flingue, rechargeai la chambre vide, et le glissai dans l'étui.

Il y eut un bruit de pas dans le corridor, la porte s'ouvrit. Tony me vit accroupi dans l'entrée, le 38 braqué droit sur son blair. Il haussa les épaules d'un air résigné et me déclara : « J'avais bien dit à Holiday qu'on aurait dû te supprimer.

— Lâche ton pétard, Tony, et pas de mouvements brusques. »

Il ne chercha pas à discuter. Son pistolet tomba sur le plancher, il l'envoya promener d'un coup de pied, sans que je le lui dise, et il resta figé. « Tu as descendu les autres ? » Comme je ne lui répondais pas, il ajouta d'un ton amer : « Bon. Et voilà. Tâche de ne pas me faire souffrir longtemps, hein ?

— Ils sont dans la chambre », dis-je.

Tony sourit alors. « Merci, mon pote. » C'était un gars du métier qui parlait à un autre professionnel. Il me tourna le dos, attendit, et quand je l'eus frappé, il tomba bien proprement. Avec sa ceinture et le fil d'antenne de la télé, je le mis dans l'impossibilité de bouger.

*

La camionnette était dans la cour de derrière. Les clefs étaient sur le contact. Le moteur démarra sans difficulté. Je regardai l'heure. La course pouvait être rapide, si j'attrapais les feux verts tout du long. Il n'y avait guère de circulation à cette heure-là. La vraie façon de gazer, ce n'était pas d'enfoncer le champignon au plancher, mais de bien calculer la vitesse sur les feux, pour ne pas se faire piquer par un flic ou gêner par les taxis dans le sens transversal.

J'embrayai et m'engageai dans l'étroit passage, où les phares me traçaient la route. Ensuite, je les mis en veilleuse. Il commença à pleuvoir. À tâtons, je finis par trouver la commande des essuie-glaces, qui battirent rythmiquement devant mon nez.

Du temps ? Combien m'en restait-il ?

*

Je virai dans la *Rue*.

C'était toujours ainsi qu'on l'avait appelée. Au milieu se dressait le *Club*.

Pour beaucoup, c'était la matrice. La mère. Ils en sortaient, ils y revenaient. Je me rappelai le mot-clef, qui m'avait si longtemps échappé bien qu'on l'eût si souvent prononcé devant moi.

Sentimental.

Je roulais lentement pour que les guetteurs voient bien la camionnette. Je ne les voyais pas, mais je savais qu'ils étaient là.

La sentimentalité. Moi aussi j'en avais ma part. Depuis vingt-six ans, je traînais mon flingue. Un symbole, un aide-mémoire. Le flic à qui je l'avais chopé s'était fait descendre par un spécialiste du braquage, un an plus tard. Il ne m'avait donc guère inquiété. C'était mon premier pétard. Le seul que j'aie jamais eu. Le seul dont j'aie eu besoin. Un ami qui m'avait tiré de bien des positions difficiles. Il était encore prêt à me servir.

En passant devant la bâtisse, j'en observai la façade à travers la pluie. Pas de lumière aux fenêtres, mais cela ne prouvait nullement qu'il ne se passait rien à l'intérieur. Arrivé au coin de la rue suivante, je virai et rangeai la bagnole. Je coupai le contact et attendis une minute. Un type traversa la rue comme une ombre et s'approcha de la cabine.

Il ouvrit la portière et secoua la pluie de son front. Sans lever les yeux, il me dit : « Ses deux gardes du corps sont entrés depuis dix minutes. Si vous voulez… » Il s'interrompit, l'air ahuri, en me voyant soudain.

Je lui abattis la crosse du 38 sur la tempe, le hissai dans la cabine et l'y laissai. Il en avait pour des heures avant de se réveiller. Ils étaient six, avait dit Lenny. Maintenant, ils n'étaient plus que cinq. Ils penseraient que le gars était resté avec moi, et ils commenceraient l'attaque.

Cela faisait mon beurre. Je souris, et pourtant il n'y avait pas de quoi.

*

Henny avait fait du bon boulot. La porte de derrière était pratiquement condamnée tant il y avait mis de pointes. Restait la descente à charbon. Elle était large, et toujours ouverte. Cela non plus n'avait pas changé.

Je glissai les pieds en avant sur un tas de charbon, refermai la fenêtre et quittai mon perchoir aussi silencieusement que possible. Je trouvai la clenche de la porte du réduit et sortis. Il faisait une nuit d'encre, mais je connaissais tous les coins de la bâtisse.

L'ampoule était collante de crasse. On l'allumait en la vissant à fond. La lumière me ramena instantanément bien des années en arrière. Il y avait la grosse chaudière trapue, encore en état de marche, malgré l'effritement de sa garniture d'amiante. De l'autre côté de la petite pièce, des rayonnages portaient le bric-à-brac accumulé pendant des lustres.

Il y avait un tapis de poussière partout… sauf à un endroit où il suffisait de passer la main pour écarter du mur les étagères.

Elles roulaient toujours aussi facilement, sur leurs roulettes enduites de graisse que la rouille n'avait pas encore attaquées. Le trou dans le mur, derrière les étagères, c'était l'ancien arsenal des K.O. Un couteau de boucher, deux matraques en plomb et un pistolet bricolé avec une armature entourée de sparadrap ainsi que quatre boîtes de cartouches de 22 y étaient encore en témoignage du passé.

Mais on voyait l'endroit où se trouvait naguère un autre pistolet maison. Quelqu'un avait ouvert à la hâte une des boîtes de cartouches… et n'en avait pris qu'une… pour l'arme disparue. Quelqu'un qui était foutrement pressé.

Nostalgie ?

Chacun trouvait ce qu'il cherchait au Club K.O. Nostalgie, c'était bien le mot. Une force mystérieuse les y ramenait toujours.

Par exemple, quand on avait besoin d'une arme. On n'en trouve pas comme on veut à New York, et si l'on préfère la discrétion, reste le bon vieil arsenal des K.O.

Quelqu'un s'en était souvenu.

Nostalgie ? Toujours la même réponse. Mon pote Bennett l'avait ressentie. Au point, une fois riche, de reproduire fidèlement la vieille matrice dans son appartement. Pour vivre à l'aise.

Mais il revenait toujours à l'original. Après tout, c'était tout ce qu'il avait possédé de réel. Sa seule *femme*, celle qui lui avait donné le jour, et qui l'avait élevé. Pour lui, elle m'avait également mis au monde et élevé. Nous étions, en réalité, fils d'une même mère, donc frères.

C'était là qu'il était venu déposer son offrande, dans la matrice où il savait que seul je chercherais, puisque nous avions la même mère.

Il s'était trompé, mais il ne le savait pas à l'époque.

Je retrouvai le lieu qui nous servait à tous les deux à cacher ce que nous avions de plus précieux, ce que nous jugions important en ce temps-là. C'était là que j'avais rangé mon flingue, soigneusement huilé, et son étui bien graissé, dans des chiffons, pour le conserver en parfait état. C'était là aussi que Bennett avait rangé ses biens.

On tirait le bloc d'aggloméré. On plongeait la main dans le creux.

Et c'était bien là.

Cela ressemblait à une liasse de lettres d'amour. Il y avait d'ailleurs des lettres, et des photographies, et des photocopies de documents, et aussi des documents authentiques.

Pas grand-chose ? Mais assez.

Assez pour fonder un empire. Ce qu'il avait fait.

Je remis le tout en place pour le moment et passai dans la salle principale de l'ancien club. Une vaste pièce, avec une alcôve derrière un rideau à un bout, avec des fauteuils et des caisses, et une radio en un endroit spécialement choisi, parce qu'à une certaine époque, elle avait symbolisé l'importance du club.

Et dans un coin, un téléphone. Le symbole ultime de la puissance pour un club d'adolescents.

Bennett avait-il compris ce symbolisme ?

Au-dessus de moi, le plancher grinça. Je tendis l'oreille, avec l'impression qu'un cri étouffé avait rompu le silence.

Doucement. Te presse pas. Faut jouer juste. Je me répétais : il ne faut pas courir le moindre risque. Toutes les chances sont contre toi. Et le prix à payer est trop élevé.

Je pris le téléphone, appelai les renseignements et demandai Roscoe Tate, à voix basse. La standardiste m'indiqua son numéro. Je le composai sur le cadran. Après quelques sonneries, on décrocha.

« Roscoe ? murmurai-je.

— Oui ?

— Ici, Deep. »

Il ne faisait plus le malin. Il avait vu le massacre dans le meublé. Et je n'avais pas besoin de lire les journaux pour savoir qu'il l'avait exploité au maximum.

« Encore un reportage sensationnel, l'ami.

— Je t'ai dit de me dispenser de tes faveurs.

— Mais celle-là, elle te plaira.

— Je t'écoute.

— C'est la fin, petit bonhomme. La bande est foutue. Dans cinq minutes, ils vont s'entre-déchirer et ceux qui s'en sortiront seront réduits à la portion congrue. C'est moi qui ai les documents. Et je vais t'emballer tous ces petits cochons comme au bon vieux temps, pour m'amuser à les voir pleurnicher.

— Où es-tu, Deep ?

— À l'ancien club. Empoigne ton crayon et rapplique. Ce sera le plus grand article de ta vie… celui que tu voulais écrire depuis toujours. Toute la vieille bande, et moi avec, en une seule notice nécrologique.

— Deep…

— Mais arrive sans bruit. Ils tiennent Helen, là-haut, et il faut d'abord que je la libère. (Je souriais et il le devinait.) Peut-être que ton vœu sera exaucé, petit. Je ne m'en sortirai peut-être pas vivant, mais il faut que quelqu'un aille s'occuper d'Irish. »

Je raccrochai sans attendre sa réponse.

Encore un coup de fil à passer. Je ne pouvais pas courir tous les risques. Tout seul, je réussirais en partie. Les deux clans se disputaient Helen et si le combat restait douteux, il vaudrait mieux pour elle mourir que rester en vie.

La standardiste me donna mon numéro. L'homme qui me répondit m'en indiqua un autre et je joignis enfin le sergent Hurd chez lui.

« Ne parlez pas. Écoutez », lui dis-je. (Je lui racontai la situation.)

Il me répondit d'une voix aussi froide et haineuse que possible: « Restez vivant, Deep. Je vous veux pour moi tout seul. »

Maintenant, c'était sûr. Un cri aigu à l'étage.

Je raccrochai et pris mon revolver. Je montai

jusqu'au vestibule étroit, où je manquai trébucher sur Henny. Il était vivant, mais le sang coulait d'une entaille qu'il avait à la tête. Il tenait encore une lampe de poche, que je pris et éteignis.

C'était assez clair: Hugh Peddle était arrivé, avait matraqué Henny et avait sans doute rapidement fait le tour des lieux avec Helen. Voyant qu'elle ne pouvait rien lui dire de précis, il avait convoqué ses mecs. Ils ne devaient pas être en très bon état, mais ils s'y entendaient quand même mieux que Peddle à torturer les femmes. Peddle était impitoyable, mais se mêler personnellement du sale boulot, non. Il préférait donner des ordres.

Je m'engageai dans l'escalier, en réfléchissant.

Ils étaient cinq, contre trois autres. Sept flingues au moins, et huit si Peddle était armé.

J'entendis de nouveau un cri. Cela venait du dernier étage. Des ordres murmurés me parvinrent à travers les cloisons. Les autres avaient entendu également.

Seulement, j'avais un léger avantage.

Je connaissais tous les coins et recoins. Une fenêtre du palier donnait sur l'ancien escalier d'incendie. Il était rouillé, mais c'était un risque à courir. La fenêtre s'ouvrit sans bruit. Surprenant. Ou alors Henny était vraiment un bon intendant.

Dans la grande salle du haut, Helen était étendue sur le plancher, les cheveux en désordre sur les épaules, sa robe remontée haut sur ses cuisses blanches et lisses.

Hugh Peddle se refusait à regarder. Un peu à l'écart, il s'examinait les ongles, tandis qu'Al, celui à qui j'avais collé une balle dans le bras, se tenait jambes écartées, au-dessus d'Helen. Il avait le bras en écharpe, mais cela ne l'empêchait pas de jouir de ce qu'il faisait. Il avait enroulé un chiffon autour de sa main valide, pour éviter de s'écorcher les jointures. À quelques pas, un autre mec que je ne connaissais pas observait la scène avec un plaisir évident.

Je visai la nuque d'Al soigneusement, pour être sûr de mon coup. Il se préparait à décocher un coup de pied à Helen. Au moment où il bougerait, sa cervelle lui ressortirait par la figure.

L'index enroulé sur la détente, je commençai à presser, tout prêt à abattre aussitôt après Hugh et l'autre, quand quelqu'un se mit à gueuler. Hugh pivota vers la porte à l'autre bout de la salle. « Qui est là ? demanda-t-il.

— Éteignez ! » lui dit Al.

Hugh manœuvra le commutateur et la salle fut plongée dans une obscurité totale.

La porte était fermée à clef, mais la serrure céda

sous une rafale de balles. Hugh cria et se sauva vers l'autre bout de la pièce. Ce n'était pas un professionnel comme les deux autres. Ils lâchèrent rapidement deux pruneaux, coururent s'abriter derrière les meubles et se planquèrent.

Je rentrai mon feu. Pas une seconde à perdre. Je m'avançai jusqu'auprès d'Helen, courbé en deux, puis je la traînai sur le plancher vers mon point d'observation. Ceux du dehors avaient réussi à ouvrir la porte. L'un d'eux réclamait de la lumière.

Helen se débattit. Je lui dis de se tenir tranquille. En reconnaissant ma voix, elle s'effondra presque de soulagement.

En rampant, pouce par pouce, côte à côte, nous parvînmes à l'angle du mur en retrait, qui nous abrita.

Derrière nous, la fusillade faisait un bruit roulant, les balles s'écrasaient sur les murs et ricochaient sur le métal. Un homme se mit à hurler sans discontinuer.

« Tu as très mal ? demandai-je à Helen.

— Non. Ils commençaient… seulement… à me torturer.

— Il faut descendre d'un étage, pour échapper aux balles.

— D'accord. »

Je la hissai par la fenêtre, guidai son pied sur les barreaux rouillés, en espérant qu'ils tiendraient le coup jusqu'à ce que nous arrivions au palier du dessous.

La chance était avec nous. L'échelle tint bon. En haut, après une accalmie, les détonations reprirent. Des pas dégringolèrent l'escalier intérieur. Nous nous plaquâmes au mur. Puis nous descendîmes derrière. Sur le premier palier, j'entraînai Helen vers l'arrière de la maison, où le second escalier s'enfonçait jusqu'au sous-sol. Je tendis l'oreille un moment.

Une voix, très loin au-dessus de nous, cria qu'ils étaient cuits. La fusillade cessa brusquement. Des exclamations m'apprirent qu'ils avaient trouvé Al, l'autre et Peddle, tous les trois morts. L'un des malfrats avait des doutes sur un des soi-disant morts. Il y eut encore une détonation. Et tous éclatèrent de rire.

Ne trouvant pas Helen, ils fouillèrent la salle et comprirent comment elle avait fui. Mais ils croyaient qu'elle était seule. Sur un bref commandement, ils dévalèrent l'escalier. Je pris la main d'Helen et la conduisis en hâte dans l'ancienne salle du club.

Dans la *Rue*, le hurlement sinistre des sirènes se rapprochait. C'était bientôt la fin.

Nos poursuivants ne parvinrent pas jusqu'à nous. Ils s'immobilisèrent en entendant les sirènes et, par métier, saisirent la situation. Ils cherchèrent une issue, mais ils savaient que les flics avaient cerné le bâtiment.

Tassés dans la faible lumière qui nous arrivait par le sas à charbon, nous entendîmes la fusillade reprendre. C'étaient des professionnels, les gars, aussi allaient-ils jusqu'au bout, parce qu'ils n'avaient plus rien à perdre. En haut, il y avait trois morts. C'était la condamnation de toute façon. Mieux valait mourir en se battant, avec une balle dans le ventre, que sur la chaise électrique.

« Deep… ? fit Helen.

— Je n'ai tiré sur personne », répondis-je.

À tâtons, elle me prit le visage pour m'embrasser. Ses lèvres étaient froides. Elle tremblait contre moi.

« Deep… je ne comprends pas.

— Écoute…

— Hugh Peddle est arrivé. Il m'a forcée à lui répéter ce que tu m'avais dit.

— Je sais ce qu'il t'a fait. (Je la pris par l'épaule.)

— Il croyait que je savais.

— Il se trompait. »

Un fusil de chasse à canons sciés tonna dans la nuit, semant le désastre. Il y eut des coups de sifflet, une voix lança des ordres, juste au-dessus de nous. D'autres sirènes se rapprochaient, cernant tout le pâté de maisons.

« J'ai prévenu Roscoe, dis-je. Il doit être là, à observer les opérations. Ça lui fera un fameux article.

— Mais… il te déteste.

— Il déteste tout le monde, ma chatte. »

Elle sentit que ma voix changeait. « Que veux-tu dire ?

— Dis-moi, étais-tu la fiancée de Bennett ? »

Helen s'écarta, écarquillant les yeux pour scruter mon visage. Elle avait une joue enflée, mais cela ne l'enlaidissait pas.

« Non, Deep. Il me l'a demandé, mais j'ai refusé. Tu sais quel but je visais.

— Lui ne le savait pas, mon petit. Il croyait que tu étais à lui. Il avait l'intention de communiquer à tous les gars le grand secret : il allait te demander ta main.

— Qu'est-ce qui a pu… »

Je la coupai : « Il n'a jamais grandi. Rappelle-toi… il continuait à penser de la même façon qu'au temps des K.O. Pour lui, du moment que tu restais près de lui, tu étais à lui.

— Il était fou ! Je n'ai jamais…

— Avais-tu dit à Roscoe qu'il t'avait demandée ?

— Oui, mais… »

La fusillade s'intensifia. Une partie du plafond

s'écailla, et le plâtre nous retomba en neige sur les épaules.

Lentement, comme en rêve, Helen se retourna vers moi. Ses yeux sombres étaient grands ouverts. Elle avait compris ce que je pensais, mais elle n'y croyait pas. « Non, pas Roscoe, dit-elle.

— Ton demi-frère, oui.

— Non. Il n'était que le beau-fils de mon père, né d'un mariage antérieur de sa mère. Il n'était pas du tout mon frère. »

La dernière touche. Affaire classée.

« Il a toujours été amoureux de toi, dis-je.

— Oh, non ! (Elle enfouit son visage contre ma poitrine. Il fallait que je lui raconte tout.)

— C'est pourtant bien Roscoe, ma chatte. Il nous détestait déjà tous, mais autrefois tu avais été à moi, et il le savait. Il te désirait lui-même, et parce que tu avais été à moi, toute sa vie en a été bouleversée. Il n'est resté dans le coin que pour braquer sa haine contre tout ce qui t'éloignait de lui.

« Moi, j'avais disparu depuis longtemps. Les psychotiques arrivent toujours à trouver de nouvelles cibles à leur haine, et tu l'y as même aidé. Il pouvait tenir tête à tous, sauf à Bennett et à moi. Quand Bennett t'a demandé de l'épouser, il a perdu la boule. Complètement. C'était comme si j'étais revenu. C'était comme autrefois. Il a retrouvé sa hargne d'adolescent. »

Elle ne comprenait pas. Cela la dépassait.

« Il est devenu fou, chérie. Il n'a plus pensé qu'au moyen de se débarrasser de Bennett. Et il est lui-même retombé en enfance. Il n'avait pas d'arme, mais il savait où nous les cachions autrefois. Il a ouvert notre arsenal et a trouvé un flingue bricolé.

« Tu sais, si le pistolet n'avait pas été sous sa main, il serait peut-être redevenu normal. Il aurait peut-être compris la portée de ce qu'il voulait faire, mais l'arme était là, avec des munitions, dans la cachette derrière les étagères.

« Bennett a été tué le soir, de bonne heure. Inhabituel pour un meurtre. Il n'était pas dix heures, et les professionnels ne sont pas encore en chasse à cette heure. Roscoe est entré, il a tiré sur Bennett qui attendait Dixie, il s'est sauvé et a passé devant la ruelle où Bennett s'était précipité. Tu comprends… il n'avait pas tout à fait tué Bennett. Quand Bennett l'a poursuivi, Roscoe se sauvait vers son sanctuaire personnel… le *delicatessen* de Hymie, qui était encore ouvert. Il a eu peur qu'on le soupçonne, et, avec la frénésie des psychotiques, il a fait l'impossible… il a porté Bennett jusqu'à l'appartement et l'y a laissé.

« Voilà comment les choses se sont passées. Il avait perdu la tête. Il était fou à lier. Mais il a également servi de catalyseur. Il a fait quelque chose de terrifiant pour le monde où il vivait. Il a éliminé Bennett, mais il m'a fait venir. Il a déclenché les événements et éveillé des forces dont il ne soupçonnait pas l'existence, et dans sa folie, il n'a jamais vraiment réfléchi à ce qu'il avait fait. »

En haut, une mitraillette ouvrit le feu. Un homme cria. On tirait tout autour de la maison. Les armes, les moteurs, les voix faisaient un tintamarre qui était en quelque sorte la symphonie de la ville. C'était un moment extraordinaire.

« Il était fou la première fois qu'il a tué, dis-je. Mais pas la seconde.

— Quoi ?

— C'est Roscoe qui a tué Tally, Irish.

— Lui… non ! »

Mais elle savait bien que j'avais raison. « Il n'était pas fou la seconde fois. Il savait ce qu'il faisait. Je l'ai effrayé en lui racontant que Tally avait craché sur le cadavre. Je lui ai collé une trouille mortelle en lui disant que Pedro avait dépouillé le mort. Il s'est imaginé qu'on l'avait vu se sauver, ou peut-être trimbaler le cadavre. Il s'est attaqué à Tally avec la seule arme qu'il avait sous la main : une bouteille. Il a failli me tuer de la même façon.

« C'est cela que j'avais négligé. Au début, ce n'était qu'un simple meurtre, du travail d'amateur. Seulement, l'enjeu était tellement important que j'ai cru avoir affaire à des spécialistes, qui auraient par cette maladresse de débutant voulu couvrir leur piste. Cela aurait valu la peine.

— Mais Tally… fit-elle.

— Il n'agissait plus en fou, mon petit. Il se protégeait. Je te parie qu'avant longtemps on retrouvera dans un coin le corps d'un petit Mexicain appelé Pedro, la tête défoncée ou la gorge ouverte. Roscoe connaît le terrain. Il est capable de dénicher n'importe qui. Il est aussi malin que moi et joue avec la même astuce ; et maintenant, il est acculé. »

Dans l'ombre du réduit à charbon, Roscoe déclara : « Pas tout à fait, Deep. »

Nous ne pouvions pas le voir, mais la folie se trahissait dans sa voix. Sa main se tendait hors de l'ombre, armée d'un pistolet – si l'on peut dire – et il fallait bien l'admettre puisque cette arme de pacotille avait déjà tué deux fois. Longtemps auparavant, Bennett s'en était servi pour descendre Spanish John, et récemment, Roscoe avait abattu Bennett avec, et maintenant, il y avait encore une balle dedans, pour moi. Je serais descendu d'abord, parce qu'après il ne lui serait pas difficile de supprimer Helen et d'expliquer le meurtre… surtout que ce détraqué connaissait toutes les ficelles.

La mort était tout autour de nous. En haut, les martèlements avaient cessé. Des pas dans l'escalier… des appels… on faisait le compte des morts.

Cela devait arriver.

Cela faillit arriver.

Quelqu'un avait découvert la porte qui menait à la cave de l'ancien club.

Le Club des K.O.

Le nôtre.

Vous vous rappelez ? C'étaient nous les caïds.

Le temps, toujours ce même facteur qui nous englobait tous. Il y en avait juste ce qu'il fallait. Il pouvait m'abattre, et matraquer Helen à mort. Pas d'ennuis. Cela collerait. Il était intelligent. Il pouvait agir, s'expliquer, et même en faire un article par la suite.

« Peu importe maintenant, n'est-ce pas, tout est fini ? » dit-elle.

Je savais que dans l'ombre il était prêt. Son pistolet était une miniature, mais j'imaginais sans peine la mortelle petite balle prête à me perforer le front. Bennett avait conçu cette arme pour tuer. Il n'y avait pas une chance qu'elle rate. Le petit homme avait tout pesé froidement, dans sa folie lucide. J'étais son seul et dernier obstacle.

Il ne nous restait plus que des secondes. Nous le savions tous. À Roscoe de jouer.

« Tu es mort, Deep, dit-il, d'une voix contrainte. La fin du parcours en tramway, Deep.

— Tu crois ?

— Comme les autres. Tu as payé, t'as droit à la course.

— J'imagine que tu as entendu tout ce que j'ai dit.

— J'ai tout entendu.

— Tu es givré, Roscoe.

— Disons que je l'étais. Comme tu l'as si bien expliqué, maintenant, je me protège.

— Tu es quand même cinglé.

— Plus maintenant.

— Mais si, petit bonhomme. Tu oublies l'essentiel. »

Il se tut un instant, puis reprit : « Explique.

— La course en tramway.

— Et alors ?

— C'est moi qui paie. Je peux descendre quand je veux. Tu te rappelles ta comparaison ? »

Il se la rappela. En amateur qu'il était, il fonça et passa la porte en hurlant, armé du pistolet qui avait tué Bennett, mais qui cette fois m'était destiné. Helen cria, ne se rendant compte que partiellement de ce qu'il arrivait. Je pris vivement mon revolver et tirai. La balle entra dans l'œil droit de Roscoe, dont la cervelle rejaillit sur les murs de la cave.

Mort, il semblait tout ratatiné, un petit type qui avait cultivé une grande haine envers tous ceux qu'il avait si longtemps enviés. Ce n'était pas une balle qui l'avait tué. C'était la *Rue.* Il y avait déjà longtemps qu'il avait été tué, sans s'en être jamais rendu compte.

Helen, les mains pressées contre la bouche, avait l'air d'un animal aux abois. Le sang jaillit soudain de sa lèvre, tachant ses dents d'écarlate.

Mais elle ne regardait plus le petit homme répandu sur le plancher. C'était moi qu'elle regardait.

Les sifflets de police retentissaient au-dessus de nous. Des voix plus nombreuses, des bruits menaçants. Quelqu'un ouvrit brusquement la porte et un faisceau de lumière balaya notre cave, et s'éteignit.

On savait où nous étions !

« Il a fallu que tu le fasses, dit-elle. *Tu n'as pas pu t'en empêcher !* »

Je la regardai, le sourcil froncé, je vis mon flingue dans ma main et je le renfonçai dans l'étui.

« Helen… »

Ses yeux se noyèrent soudain de larmes, ses bras retombèrent le long de son corps, dans un geste d'impuissance totale. Sa lèvre, qu'elle avait mordue, était enflée. Un sanglot s'étrangla dans sa gorge.

« Il a fallu que tu le tues, Deep. *Pourquoi ?*

— Helen... »

Sa voix était presque imperceptible. « Pourquoi ne m'as-tu pas tuée aussi, Deep ? Ç'aurait été plus facile. Tu l'as tué, mais tu aurais dû me tuer aussi. En un sens, tu l'as déjà fait.

— Je t'en prie, Helen... »

Elle hocha la tête, résumant d'un simple geste tout ce qu'avait de futile cette tragédie. « Que puis-je dire, Deep ? Il a fallu que je t'aime. Il a fallu que je devienne folle de toi. J'aurais dû m'en douter. Ce mépris insensé de la vie, de la paix, du bonheur, je l'ai eu, moi aussi, au début... mais je m'en suis débarrassée. J'en ai pris horreur. J'ai même tenté de m'y opposer. Et puis je suis revenue là-dedans, à cause de toi. »

Elle fit signe de me taire quand je voulus parler.

« Inutile, Deep. C'est fini à présent. Je t'aurais attendu toute la vie s'il l'avait fallu. Tu étais mon homme. Tu le savais, n'est-ce pas ? »

Je fis un signe d'acquiescement.

Les yeux brillants de larmes, elle me toucha le visage.

« Peu m'importait ce que tu faisais. Ce que tu étais, d'où tu venais, parce que tu étais à moi et j'étais à toi, et une fois tout réglé, nous nous serions retrouvés, ne fût-ce que pour peu de temps, même si nous avions été très, très vieux.

— Je ne viens pas de tellement loin, Helen. Pas dans l'espace. Seulement dans le temps. »

Elle m'écoutait sans vraiment m'entendre. « Mais tu as tout gâché, Deep. Tu as commis le seul crime qu'on ne puisse pas rattraper. Tu as fait ce que tu avais promis d'éviter. Tu as jeté notre amour et nos espoirs aux quatre vents en tuant Roscoe ! »

Les larmes coulaient sur ses joues.

« Si seulement tu avais été… n'importe qui (elle hésita)… ce serait sans importance. Ce ne serait pas si terrible. Mais quand on appartient à… tout cela… » (Elle se tut, sanglota, et porta de nouveau la main devant sa bouche.)

On les entendait maintenant descendre précautionneusement.

« … alors tout est fini. Il n'y a plus que la mort. Tu as commis le seul crime impardonnable. Pas de défense possible. Tu es un des loups, Deep, et quand un loup tue, la loi le tue à son tour.

« Maintenant, la loi va te prendre et quand tu

mourras, je mourrai aussi. Voilà ce que tu as fait. En une seconde, tu as rejeté tout ce que nous avions. Tu aurais dû le laisser me tuer. Tu aurais dû le laisser faire. »

Une voix réclama un fusil à canons sciés. On bougea dans l'escalier. Des hommes se tenaient prêts à tirer. Marche après marche, ils descendaient.

« Helen… je t'aime », lui dis-je.

Elle sourit tristement, les yeux embués de larmes amères.

« Je sais, et maintenant, c'est trop tard. Il ne nous reste pas le moindre espoir… alors que nous en avions tant. Tant ! »

Derrière nous, ils arrivaient en bas des marches.

Alors, je me mis à sourire, et elle comprit en un instant que parce que des années auparavant deux gamins avaient décidé de se partager le monde, cela ne signifiait pas nécessairement qu'ils respecteraient tous les deux le pacte, elle comprit que le pire des deux s'était aperçu que descendre du tramway ne signifiait pas renoncer à l'espoir. En ce bref instant, elle eut la révélation des réponses et des raisons à des tas d'événements.

Ils étaient là, tous armés. Le sergent Hurd à l'avant, avec le fusil, les autres avec des revolvers. Il ne restait plus qu'une seconde.

En cette infime parcelle de temps, elle perçut l'éclat doré de l'écusson accroché au portefeuille que je leur montrai, quand ils arrivèrent derrière nous. Ils abaissèrent leurs armes. Ils avaient compris. *Elle comprit aussi.*

D'une voix fatiguée, le sergent Hurd me dit : « Bien joué, lieutenant. »

Borderline

« Ce texte, on ne pourrait plus le publier aujourd'hui ! » : combien de fois l'éditeur a-t-il entendu ce genre d'affirmation… Nous, nous avons un mauvais esprit et pas mal de liberté ; aussi il nous a plu de consacrer une collection à tous ces ouvrages que l'air du temps préférerait réserver aux bouquinistes et au rayon vintage. Cette collection, nous l'avons appelée *Borderline.*

Comment définir – sans froisser personne – les livres que nous voulons y publier ? Justement comme autant de livres qui se ficheront de froisser qui que ce soit. Des fictions sans précautions, sans le filtre des nouveaux catéchismes ou l'intervention de *sensitivity readers.*

Chez *Borderline* vous trouverez des inédits, des rééditions, des curiosités, autant d'hommages au « pulp » ou de retrouvailles avec la littérature de genre. Des ouvrages qui s'adresseront à tous les lecteurs avides de vigueur, de bonne santé, d'insolence et de liberté.

Directeur de collection : Arnaud Hofmarcher

Titre original : *The Deep*

Conception graphique : Justine Dupré
Mise en pages par Facompo Lisieux
Dépôt légal : mai 2022
ISBN 978-2-7491-7307-8

Vous pouvez consulter notre catalogue général
et l'annonce de nos prochaines parutions sur notre site :
www.cherche-midi.com

92, avenue de France – 75013 Paris

Achevé d'Imprimer en avril 2022
par Grafica Veneta S.p.A.
à Trebaseleghe (Padova)